中公文庫

うぽっぽ同心十手綴り

かじけ鳥

坂岡 真

中央公論新社

目次

穴まどい

一

小春日和の穏やかな午後、椎木の根元に一匹の蛇をみつけた。

木々が色づくこの季節に、いまだ巣穴の淵で朦朧《もうろう》としている。

冬眠もできずにいる間抜けな蛇が、滑稽におもえて仕方ない。

ここは日光街道、下谷金杉町の辻を右手に曲がったあたり、大名屋敷の海鼠塀《なまこべい》が途切れたさきには一面の刈田がひろがっている。

空はくっきり晴れていた。

みなと連れだって八丁堀から抜けだし、神田川を越えて上野山も通りすぎ、紅葉狩りで有名な浅草の正燈寺《しょうとうじ》へおもむく道中であった。

椎木は高い塀をも覆いかくすほどの大木で、道端には落ち葉が堆積している。

蛇はかさりとも動かず、中途半端に蜷局《とぐろ》を巻き、鶯《うぐいす》色の鱗《うろこ》を艶《つや》めかせていた。

「父上、ほら、鎌首をもたげておりますよ」

愛娘の綾乃《あやの》が、恐がりもせずに笑ってみせる。

「どれどれ」

長尾勘兵衛《ながおかんべえ》は媚茶《こびちゃ》の羽織を引っからげ、巣穴のそばに屈《かが》みこんだ。

「青大将だな、四尺はあるぞ」

童子のように微笑《ほほえ》み、蜷局を巻いた蛇の胴に手を伸ばす。

「父上、おやめくだされ」

「なあに、平気さ」

人懐《ひとなつ》こそうな丸顔に小太りのからだつき、切れ長の眸子《まなこ》は涼しげで、小額《こびたい》のまんなかには黒子《ほくろ》がある。鬢《びん》に白いものは増えたが、五十四の年齢よりはずいぶん若くみえた。出世も望まず、野心も抱かず、同心部屋ではなるべく目立たぬようにしている。気苦労が少ないせいか、肌の色艶はすこぶる良い。

勘兵衛が胴を撫《な》でても、青大将はぴくりとも反応しなかった。

このまま眠ってよいものかどうか、濡《ぬ》れたような黒い目で訴えかけてくる。

「腑抜けめ」

金瘡医《きんそうい》の仁徳《にんとく》が、白い口髭をしごいた。

この頑固な間借人は、蛇にまで皮肉めいた口調で喋《しゃべ》りかける。

「巣穴の在処《ありか》もわからず、危険も察知できぬ。これほど阿呆《あほう》な蛇もおらぬわい」

「何やら、不憫《ふびん》ですねえ」

横から濃い眉を寄せる偉丈夫は、定廻りの末吉鯉四郎《すえよしこいしろう》であった。

鼻筋のとおった見栄えのする面つきに六尺豊かな大男で、刀を持たせれば小野派一刀流免許皆伝の腕前だ。幼いときに双親《ふたおや》を失い、母方の祖母に育てられた。人付きあいが苦手ゆえに同心部屋でも浮いた存在だが、上役の顔色ばかり窺っているお調子者よりはましだろう。

この男に綾乃をくれてやるのかとおもえば、自然に眦《まなじり》も吊《つ》りあがる。

別段、鯉四郎に文句があるわけではない。娘といっしょになる相手は、誰であろうと腹立たしいのだ。

「蛇は神様のお使いです。これは吉兆かもしれませんよ」

四人から少し離れたところで、品の良い老婆が微笑んでいる。

鯉四郎の祖母、志穂《しほ》であった。

ちかごろは物忘れがひどく、三日に一度は「真夜中の散歩」に出掛けてしまう。それでも惚《ぼ》けきってはおらぬようで、長尾家と縁続きになることを喜んでいた。すでに、長尾家と末吉家のあいだでは結納が交わされ、綾乃がめでたく嫁ぐ日取りもおおよそ決まっている。

勘兵衛はほっとするのと同時に、言い知れぬ淋しさを感じていた。

父に尽くすのではなく、夫に尽くすべく、綾乃はこれからの人生を歩んでゆく。二十有余年ものあいだ、男手ひとつで育てあげた愛娘が手許から去ってしまうのだ。嫁ぐさきは八丁堀の内とはいえ、娘が家から出てゆくということの重みは計り知れない。

三度の飯よりも朝風呂が好きで、役目は江戸じゅうをほっつき歩くこと。手柄にはとんと縁がなく、袖の下にはまったく関心がない。暢気《のんき》な性分から「うぽっぽ」という綽名《あだな》を付けられた。江戸八百八町どの町を廻っても、顔見知りからは気軽に「うぽっぽの旦那」と声を掛けられる。角の取れた自然な物腰は、廻り方一筋に歩んできた年季からくるものだ。

何はともあれ、秘かな自慢は縹緻《きりょう》良しでしっかり者と評判の綾乃だけであった。それなのに、宝物はもうすぐ手許から居なくなってしまう。

口惜《くちお》しい。

鯉四郎の横顔を眺めるたびに、溜息《ためいき》が漏《も》れた。

気づかぬうちに、歯軋《はぎし》りをしていることもある。

くさくさした気分を変えるべく、みなを紅葉狩りに誘ったのだ。

青大将はあいかわらず、眠たそうな眸子でこちらを眺めている。

「おい、うぽっぽ、腑抜けた蛇なぞ放っておけ。さあ、まいろう」

仁徳にたしなめられ、勘兵衛は重い腰をもちあげた。


めざす正燈寺はすぐそば、田圃《たんぼ》のただなかに山門が口を開けていた。

東隣の大音寺《だいおんじ》は哀れな遊女の投込寺、北に流れる山谷堀を越えた向こうには死者を焼く三昧場《さんまいば》がある。吉原悪所にもほど近く、町人のなかには紅葉狩りに行くと女房に告げて色街に繰りだす輩《やから》も多い。

正燈寺の山門をくぐってみると、立錐の余地もないほどの賑《にぎ》わいだった。

「なんとまあ、凄まじい人の数だこと」

志穂が呆れ顔で漏らす。

小銀杏髷《こいちょうまげ》の勘兵衛に気づき、道を空けてくれる者もあったが、境内を埋めつくす人の波は如何《いかん》ともし難い。

「押しのけて通るぞ」

仁徳は怒ったように吐きすて、人垣を掻《か》きわけた。

「紅葉を愛《め》でるのも、ひと苦労じゃのう」

ちかごろ一段と短気になった仁徳は、綾乃の生誕以前から表店《おもてだな》に住みつき、診療所を構えていた。暇さえあれば憎まれ口ばかり叩《たた》いているが、有能な検屍医でもある。診立《みた》ての確かさと高い外科技術は、幼いころから治療を手伝ってきた綾乃に引きつがれた。

ただし、綾乃が嫁いだあとも医者の道を志すかどうかはまだわからない。

やりたければやればいいし、やめてもかまわなかった。

医者になることには反対してきたが、正直、今はどうでもよい。

治療をつづける意志があるなら、仁徳のもとで顔を合わせる機会も増えよう。

それならば、夢は捨てずにいてほしいなどと、都合よく願ったりもしていた。

綾乃と鯉四郎は肩を寄せあい、後ろから仲良く従《つ》いてくる。

親密ゆえに声も掛けられず、出てくるのは溜息ばかりだ。

「うほほ、千貫紅葉じゃぞ」

「まあ」

先頭を行く仁徳が叫ぶと、志穂はことばを失った。

見事に色づいた紅葉の大木が、神々しく聳《そび》えたっている。

勘兵衛も見惚《みと》れてしまい、紅色のなかへ吸いこまれそうになった。

と、そのとき。

「きゃっ」

綾乃が背後で悲鳴をあげた。

振りむけば、鯉四郎が地べたに倒れている。

「綾乃、どうした」

「鯉四郎さまが刺されました」

「なに」

十手持ちの習性ゆえか、下手人の影を目で探す。

「誰だ、誰に刺されたのだ」

「わかりませぬ」

目に飛びこんでくるのは野次馬の顔また顔、好奇と不安の入りまじった顔が覗《のぞ》きこんでいる。

いや、ひとりだけ、怪しい人影があった。

背の高い女だ。

こちらに背をむけ、滑るように遠ざかってゆく。

「待て」

勘兵衛は叫んだ。

人垣に遮られ、駆けだそうにも駆けだせない。

女はすぐさま、人ごみに呑《の》みこまれてしまった。

「鯉四郎、しっかりしなされ」

志穂が必死に呼びかけている。

仁徳と綾乃は黒羽織の袖を裂き、傷口を探っていた。

千枚通しのような得物で、左腕の外側を刺されたらしい。

骨に達するほどの金瘡ではないが、得物の先端には毒が塗ってあった。

鯉四郎は動くこともできず、閉じた瞼《まぶた》を痙攣《けいれん》させている。

「綾乃、これで傷口を裂くのじゃ」

「はい」

綾乃はためらいもみせず、仁徳に手渡された尖刀で皮膚を切りさいた。

そして、毒の混じった血を搾《しぼ》りだす。

傷口に口を付け、血を吸っては吐きだした。

「鯉四郎、鯉四郎……」

仰《ぎょう》臥《が》した鯉四郎は、志穂の呼びかけに応じることもできない。

顔は土気色に変わり、呼吸も苦しそうだ。

猛毒がまわってしまったのか。

悪夢でもみているようだった。

「おい、戸板をもってこい」

勘兵衛は若い衆をつかまえ、眸子を逆釣《さかづ》らせた。

ほどもなく、死人を納める早桶《はやおけ》が担がれてきた。

「莫《ば》迦《か》たれ、縁起でもないことをするな」

若い衆を叱りつけ、野次馬にむかって大声を張りあげる。

「誰か、下手人を目にした者はおらぬか」

誰もがみな首を振り、関わりになるまいと離れてゆく。

「くそっ」

悪態を吐く仁徳に向きなおり、勘兵衛は唾《つば》を飛ばした。

「容態は」

「毒のまわりが早いのじゃ。烏頭《うず》かもしれぬ」

「烏頭」

矢毒にも使われる山鳥兜《やまとりかぶと》の塊根だ。

「心ノ臓を刺されたら即死じゃった。こやつは剣のおぼえがあるゆえ、咄嗟《とっさ》に左手で躱《かわ》すことができたのじゃ」

「助かりますか」

「わからぬ。綾乃もできるかぎりのことはやった」

あとは本人の生命力を信じるしかあるまい。

身動きひとつできぬ鯉四郎の頭を抱きかかえ、綾乃は放心したように座りこむ。

唇《くち》もとを血だらけにした顔は蒼白で、般若《はんにゃ》の面でも着けたかのようだ。

ようやく、戸板がはこばれてきた。

野次馬にも手伝わせ、鯉四郎の巨体を載せる。

「堂宇にはこびこめ」

庫裏《くり》に行けば、解毒薬程度は備えてあろう。

それにしても、いったい、誰がやったのだろうか。

定廻りの同心を狙うとは、大胆にもほどがある。

ことによったら、道中でみつけた青大将が凶をもたらしたのではないかと、勘兵衛は疑った。

二

八丁堀岡崎《おかざき》町、地蔵橋《じぞうばし》そば。

勘兵衛の自邸は百坪足らずの平屋で、燃えるような満天星《どうだん》の垣根に囲まれている。

──恐ろしい鬼の近所に地蔵橋。

などと、川柳にも詠《うた》われる同心組屋敷の一角だ。

翌朝になっても、鯉四郎は目を醒《さ》まさなかった。

このまま逝《い》ってしまうのではないかと、誰もが恐れた。

志穂は桶町にある譲《ゆずり》の井で水垢離《みずごり》をはじめ、綾乃は枕許から片時も離れずに鯉四郎の手を握りしめている。

「どうか……どうか、救ってやってくれ」

勘兵衛は仏間に籠もり、必死に祈りを捧げた。

仏壇には亡くなったおふうの位牌と、失踪した静《しず》の文が置いてある。

文には「すみません。綾乃をお願いします」とだけ記されてあった。

綾乃が一歳になった年の暮れ、母親の静はこの家からすがたを消した。

理由はわからぬ。何年も死に物狂いで捜しつづけた。しかし、行方は杳《よう》として知れず、二十年近くも経った昨夏、静らしき女がひょっこり江戸へあらわれた。小夜《さよ》と名を変えてはいたが、静であったようにおもう。記憶を無くし、安芸《あき》の尾道《おのみち》で鬼灯《ほおずき》の惣五郎《そうごろう》という極悪人に拾われた女だった。

文月二十六夜、高輪の茶屋で邂逅《かいこう》できるかもしれぬと期待した。

期待どおり、静は比丘尼《びくに》の操る小舟であらわれたが、浜辺には近寄らずに沖の波間へ消えてしまった。

いちどは邂逅を決意したものの、いざとなったら迷いが生じたのかもしれない。

喩《たと》えようもないほど口惜しかったが、静が生きていることだけは確信できた。

生きてさえいれば、いつかかならず邂逅できると信じている。

とにかく逢いたかった。そのさきのことは何も考えていない。

さきのことなど、誰にもわからぬ。

おふうのこともそうだ。

いまだに、逝ってしまったことが信じられなかった。

勘兵衛は、新川河岸で縄暖簾《なわのれん》を営む粋な女将《おかみ》に惚れた。それがおふうだった。たがいに相惚《あいぼ》れと知りつつも、本心を打ちあけることができなかった。勘兵衛には逃げられた妻がおり、おふうは死に別れた亭主の見世を継いでいた。

ふたりとも、過去にとらわれすぎていたのかもしれぬ。そうこうしているうちに、おふうはむかし付きあっていた情夫から因縁《いんねん》をつけられ、命まで落としてしまった。

勘兵衛は何をおもったか、今際《いまわ》でおふうと夫婦の誓いを結んだ。

冷たくなった遺体に純白の綿帽子をかぶせ、誓いが偽りでないことを世間に示そうとした。

死ぬとわかっていながら夫婦になった女と、夫婦になって一年で消えた女、勘兵衛が生涯で愛した女はふたりだけだ。

ひとつ屋根の下で暮らすことはできずとも、不運だとはおもっていない。

おふうは日々の暮らしに潤いと慰めをもたらしてくれたし、静は何といっても綾乃を授けてくれた。

綾乃の帯解を祝った日のことが、昨日のことのように思いだされる。

化粧した七つの娘を肩に担ぎ、勘兵衛は産土神《うぶすながみ》の市ヶ谷八幡宮へ詣でた。

花弁を散らした晴着を着せてもらい、幼い綾乃は芯《しん》から嬉しそうだった。

そんな娘のことが誇らしく、かけがえのないものに感じられた。
「くそっ」
綾乃を悲しませたくはない。
鯉四郎を生かしてくれと、勘兵衛は祈りつづけた。
祈っていると、誰かに叱りつけられたような気がした。
——為《な》すべきことを為せ。
天の声が囁《ささや》いている。
おふうであろうか。
それとも、静であろうか。
仏間でぼうっとしてる暇があったら、下手人に繋《つな》がる端緒をさがさねばならぬ。
勘兵衛はやおら腰をあげ、廊下へ踏みだした。
鯉四郎を刺した相手は素人ではない。何者かに雇われた殺し屋だ。
瞼の裏に焼きついているのは、人混みに消えてゆく女の後ろ姿であった。
「あの女」
髪を貝髷《ばいまげ》に結い、千筋の渋い着物を纏《まと》っていた。
堅気の女ではない。うなじの色艶からして、薹《とう》の立った女でもなかろう。

「粋筋《いきすじ》の若い女か」

縁側に佇《たたず》み、つぶやいてみる。

そこへ。

岡っ引きの銀次《ぎんじ》がやってきた。

もっとも信頼のおける十手持ちだ。力量は秀でており、執拗《しつよう》に悪党を追いつめるところから「すっぽん」の異名をもつ。

「旦那、鯉さまのご容態はいかがです」

「目を開けぬ。一進一退だな」

「さいですか」

「何かわかったか」

「定廻りの旦那方は悪党に恨まれるのが商売みてえなものでして、仕掛けた相手を絞りこむのは容易なことじゃありやせん」

銀次の言うとおりだ。ゆえに、ここ数日にかぎって、鯉四郎が関わった件をさらってみるしか方法はなかった。

「そいつがけっこう、てえへんで。鯉さまは生真面目《きまじめ》でいなさるから、揉め事があれば首を突っこみたがる。なにせ、お江戸は犬の糞《くそ》なみに喧嘩が多いところ。あっしが従いてまわったときでも、半日に二、三件は喧嘩を裁いておられやした」

「喧嘩か」

「口でだめなときは、十手にものをいわせて黙らせる。そいつを逆恨みされた、なんてこともあり得ねえはなしじゃねえ」

「喧嘩のほかに何かないのか」

「ごぜえやす。仏壇屋の番頭殺し」

「おう、それだ。鯉四郎が秘かに調べておったな」

　番頭が殺害されたのは七日前、勘兵衛と鯉四郎は誰よりもさきに検屍へ向かった。しかし、殺されたところが永代橋《えいたいばし》の東寄りだったので、探索は本所廻りの手に移された。勘兵衛はすっぱり手を引いたが、鯉四郎はあきらめきれず、暇をみつけては単独で調べまわっていたのである。

「無駄なことはやめろと、何度も意見したのに」

　意見されたら、なおさら首を突っこみたくなる。そのあたりが、頑固な鯉四郎らしいところだ。

「下手人の手懸かりでも、つかんでおったのか」

「いいえ」

「本所廻りは、追いおとしの仕業と決めてかかったらしいな」

「それが、そうとも言いきれねえんで」

番頭の懐《ふところ》中から財布が抜きとられた跡はなかった。

「金銭目当てでないとすれば、怨恨か」

仏壇屋は屋号を曼珠屋《まんじゅや》といい、楓川の南隅に架かる弾正橋《だんじょうばし》のそばに店を構えている。

主人《あるじ》の名は惣八《そうはち》、三年前に幕府御用達《ごようたし》の鑑札を手に入れ、千代田城内の紅葉山に黄金の仏壇を献納したことで有名になった。殺された番頭の名は幸吉《こうきち》といい、惣八の信頼も厚い四十手前の独り者だった。

「幸吉は永代寺門前の料亭で客を接待し、その帰り道で殺《や》られやした」

「接待した相手とは」

「坊主ですよ。曼珠屋の主人は重い口を開きやせんでしたがね、料亭のほうを当たってわかりやした。寺の名を聞きゃ驚きやすよ、誰もが知ってる名刹《めいさつ》でしてね、曼珠屋は偉そうな袈裟《けさ》坊主どもに、呑ませるわ抱かせるわ、毎晩のように接待を繰りけえし、本寺や末寺へ仏具を納めていやがった」

「なるほど、仏具を買うのなら、檀家も文句は言わぬ」

「へへ、醜く肥えちまった生臭坊主のありがてえ説教を聞きながら、檀家は質素倹約につとめるというわけで」

だが、坊主の接待と番頭が斬られたこととは結びつかない。

「たしか、駕籠《かご》かきも斬られたな」

「権十《ごんじゅう》っていう先棒が斬られ、熊吉《くまきち》っていう後棒が生きのこりやした」

「生きのこった熊吉は、下手人をみなかったのか」

「月もねえ闇夜《やみよ》のこってす。浪人者がひとりだったこと以外は何ひとつ」

「仏壇屋をもういちど当たってみるか」

「へい」

番頭が誰かに恨みを買ったことはないか、調べなおす必要がある。

勘兵衛は朱房の十手を背帯に差した。

鯉四郎が目を醒ました気配はまだない。

仏間からは線香の香りがただよってきた。

三

弾正橋のそばにある仏壇屋を訪ねてみたが、主人の惣八は留守だった。

楓川は弾正橋のすぐさきで京橋川と交叉し、三十間堀へと注ぎこむ。京橋川に架かるのは白魚橋、三十間堀に架かるのは牛草橋、このふたつと弾正橋を合わせて三ツ橋と呼び、夕河岸目当てに行き交う人の数も多い。

　勘兵衛は、弾正橋の欄干から河岸の喧噪《けんそう》を眺めるのが好きだった。なかでも、川面《かわも》が茜《あかね》色に染まる夕河岸の風景は情緒を感じさせる。

　廻り方をつとめて三十有余年、敢えて手柄を立てようとはしてこなかった。ただひたすら、町々の自身番から自身番へ、橋詰めの広小路《ひろこうじ》から寺社境内の盛り場へ、貧乏長屋の路地裏から路地裏へ、てくてくと暢気に歩きまわる。そうした日課をかさねてきた。

　野心など微塵《みじん》も抱かず、ぎらぎらした眸子で獲物を追いつめることもない。同心部屋では誰ひとり、大立ちまわりを目にした者はいなかった。「毒にも薬にもならぬ、あっさりした茶漬けのような御仁」だとか「猫に小判、うぽっぽに十手」だとか、さまざまな陰口を叩かれた。不浄役人のくせに袖の下を受けとろうともせず、上役や同僚から爪弾《つまはじ》きにもされてきた。

　それでも、いっこうに気にならなかった。自分には自分の役まわりがある。表で派手な活躍はせずとも、裏で地道にこつこつと人助けできることもある。

　そうした考え方は、生い立ちからくるものだ。勘兵衛は双親の顔を知らない。養父母に教えられたはなしでは、亀戸《かめいど》天神の門前に捨てられていたという。宮司に拾われ、風烈廻り同心を務める長尾家に貰《もら》われた。心根の優しい同心夫婦は勘兵衛を一人前の男に育てあげ、住む家と働く場所を遺してくれた。

　養父に教えられたことがふたつあった。

　ひとつは弱い者の支えになってやること。そしてもうひとつは、他人様から袖の下や施しを受けぬこと。ふたつの教えを胸に刻み、今日まで生きぬいてきた。この世に生かされた幸運に感謝しつつ、養父母の山よりも重い恩義に報いるべく、十手持ちとしての正義を貫いてきたつもりだ。

　勘兵衛は、ほっと溜息を吐いた。

　夕河岸の風景は三十年経っても変わらない。

　自分だけが年を取り、欄干から同じ川面をみつめている。

　痩《や》せた人影がひとつ、背後にそっと近づいてきた。

「うぽっぽの旦那」

　塩辛声に振りむけば、皺《じわ》顔の老いた男が立っている。

「おめえはもしや、丁次郎《ちょうじろう》か」

「へい、三一《さんぴん》の丁次郎でごぜえやす」

十六年間も八丈島に流されていたが、ようやく一年前に恩赦で娑婆《しゃば》に戻ってこられたのだという。

「そうかい、おめえとは十七年ぶりか」

「ご覧のとおり、くたびれた爺になっちめえやした」

「おれは見間違えなかったぜ」

「へへ、旦那もお元気そうで」

「長《なげ》えおつとめだったなあ」

表の稼業は賽子《さいころ》をつくる賽師であったが、裏にまわれば右に並ぶ者とていないと評されるほどの錠前破りだった。遣り口は華麗で尻尾を出さぬところから、捕り方のなかでも一目置かれていた。伝説の錠前破りはしかし、たったいちどだけ失態をおかした。

「あれは蔵宿の伊勢屋を盗《や》ろうとしたときのこと。二重の錠前を破って忍んだ土蔵のなかに、旦那がひとりで待ちかまえていなすった」

「おれはあんとき、くちなわの一味を一網打尽にしてやるつもりだった。ところが、おめえが盾になったせいで、一味の主立った連中を取りにがしちまったんだ。頭目の重蔵《じゅうぞう》だけは是が非でも捕まえたかったぜ」

丁次郎は厳しい責め苦に耐え、仲間の素姓や居所を漏らさず、島送りになった。

沈黙の代償は大きく、小伝馬町牢屋敷の拷問蔵で利き手の指を三本失い、左の膝頭も砕かれて歩行がしづらくなってしまった。

「ずいぶん骨のある盗人だとおもったぜ。ふっ、おめえのおかげで、おれの手柄は帳消しにされちまった」

「旦那はあのころと、ちっとも変わっちゃおりやせんや」

「鬢も白くなったし、皺も増えたさ。それでも書庫役に移されず、臨時廻りをやらせてもらっている」

「娘さんは大きくなられたんでやしょうねえ」

「おめえに娘のはなしなんぞ、したっけなあ」

「聞かされやしたよ。娘さんのはなしになると、旦那は鬼から仏に変わった」

「もう二十一さ。おれと同様、しがねえ十手持ちの嫁になる」

「めでてえはなしじゃありやせんか」

勘兵衛は少し間を置き、顎《あご》を撫でまわす。

「丁次郎、おめえ、娘にゃ再会できたのか」

「いいえ」

「そうかい、嫌なことを聞いちまったな」

「いいんですよ。旦那、お気を遣わねえでくだせえ」

当時、丁次郎には五つの娘がいた。沙汰が八丈島送りと決まり、生き別れになってしまったのだ。生きていれば、綾乃と同じ年恰好の大人になっている。

「自業自得でさあ」

丁次郎は淋しそうに笑う。

「旦那を恨んでなんかおりやせん。恨んでいるどころか、感謝しておりやす。打ち首になってもおかしかねえところを、旦那のお口添えで島送りにしてもらったんだ。お陰さんでこうして、娑婆の空気も吸えやした。島の仲間で旦那をわるく言う者はおりやせん。なかにゃ、旦那のことを生き神様と呼んでる者もおりやしてね」

「よせやい」

「旦那は、あっしみてえな小悪党にも情けをかけてくださるおひとだ。天道人を殺さずってのは、旦那のためにあるような諺《ことわざ》でやす」

「おれは慈悲の安売りはしねえ。あんまり褒《ほ》めるんじゃねえぞ」

「いいえ、黙っちゃいられやせん。旦那は町奉行所のなかじゃ、小馬鹿にされてるって噂を聞きやした。手柄はぜんぶ誰かに譲り、平然としていなさるとか。あっしは腹が立って仕方ねえんだ。みんな、旦那のことをこれっぽっちもわかっちゃいねえ。憶《おぼ》えておられやすかい。いよいよ流人船が出るっていう日の朝、旦那はあっしに囁いてくだすった。娘を永代橋まで見送りにこさせようかってね」

「憶えているとも。おめえは断りやがった。娘とは縁を切ったと強がってなあ」

罪人の娘と知られ、世間に後ろ指を指されたくはなかったのだ。

「あんとき掛けていただいた、旦那のあったけえことばが忘れられねえ。あっしなんぞのために親身になってくだすったんだ。御恩を感じておりやすよ」

「やめてくれ。おれはな、娘の面倒をみてやることもできなかった。今じゃどこでどうしているのかもわからねえ。おめえに合わせる顔なんざねえのさ」

「旦那らしいおことばですぜ」

丁次郎は、ずるっと洟《はな》を啜《すす》った。

その肩を叩き、勘兵衛は袖をひるがえす。

「ちと付きあえ、一杯飲《や》ろうじゃねえか、なあ」

「と、とんでもねえ」

丁次郎は手を振って誘いを断ったが、勘兵衛の執拗さに根負けした。

ふたりが足をむけたさきは、新川河岸の「浮瀬《うかむせ》」である。

おふうの遺志を汲み、縁のあったおこまに見世を継がせたのだ。

ちかごろは足も遠のいていたが、久方ぶりに暖簾をくぐりたくなった。

「あら、うぽっぽの旦那」

おこまが、くりんとした眸子を向けてきた。

「おう、しばらくぶりだな」

「いつものお席、ご用意してござりますよ」

「今夜は腐れ縁を連れてきた。そっちの床几《しょうぎ》の隅でいい」

勘兵衛は衝立《ついたて》のほうに顎をしゃくった。誰かとじっくり呑みたい席だ。

「どうぞ、どうぞ。ここは旦那のお見世ですから、お好きなようにお使いください」

「ありがとうよ」

「燗酒と奴《やっこ》でよろしいですね」

「ああ、肴《さかな》はほかに何がある」

「蒟蒻《こんにゃく》の煮しめに茄子《なす》田楽、青首のいいのがありますけど」

「よし、ぜんぶ出してくれ」

「かしこまりました」

早い時刻のせいか、さほど店内は混んではいない。

燗酒が出されると、勘兵衛は丁次郎の盃を満たしてやった。

「ありがてえこって」

丁次郎は恐縮し、両手で盃を押しつつむように呷《あお》った。

「ぷはあ、美味《うめ》え。旦那、こんな美味え酒は呑んだことがありやせんぜ」

「ふふ、娑婆の酒さ」

「こいつはただの酒じゃねえ。お情けっていう酒だな」

「うめえことを抜かす。ところで、娑婆に出てからこの一年、どこにいた」

「生まれ故郷に帰《け》えりたくなりやしてね」

「たしか、四国だったな」

「へい、よく憶えておいでで」

「さっきまで忘れておった。酒の力さ。で、四国のどこだっけな」

「讃岐《さぬき》の志度《しど》です」

「志度か」

行ったことはないが、海女《あま》の玉取り伝説なら聞いたことがある。

今から千年以上前、大納言の藤原不比等《ふひと》が彼《か》の地を訪れ、海女と結ばれた。一子をもうけたが、海女は龍神に奪われた家宝の玉を取りもどそうとして落命する。不比等は海女の死を悼《いた》んで御堂を建立し、死度道場と名付けた。それが四国巡礼八十八箇所の札所における八十六番目の補陀洛山《ふだらくさん》志度寺《しどじ》だ。志度の地名は、死んだのちに補陀落浄土へ渡った海女伝説に由来するという。

「四国巡礼に行ってめえりやしたよ」

「そうだったのかい」

勘兵衛は相槌を打ち、酒を注いでやった。

意のままにならぬ足で、さぞ難儀なことであったろう。

もしかすると、それは娘との邂逅を願う巡礼ではなかったのか。

「罪深《ぶけ》え行いを償う巡礼でさあ。あっしはこの世じゃ上手に生きられなかった。せめて、あの世じゃ清くありてえ」

丁次郎はそう願いながら、全長三百七十里の難路を百日余りも掛けて巡った。

伊予小松の東、巡礼道中でも屈指の難所として知られる石鎚《いしづち》山の岩峰から見下ろした絶景は、この世のものとはおもえぬものだったと、丁次郎は眸子をほそめる。

「雲海のしたに、補陀落浄土を目にしたおもいでやした。旦那もいつか、巡ってみなさるといい」

「夢だな」

　ぽつりと、勘兵衛はこぼす。

「ところで、おめえ、何しに江戸へ戻ってきたんだ」

「旦那にゃ恩がごぜえやす。あの世へ逝くめえに、どうしてもひとことお礼を申しあげたかった」

「ふん、調子の良いことを抜かすな。おれに会いにきたわけじゃあるめえ」

　黙りこむ丁次郎に、勘兵衛はたたみかけた。

「おめえ、口惜しかねえのか」

「え、何がでごぜえやすか」

「くちなわの重蔵は、今もどこかでのうのうと暮らしていやがる。おめえに苦労をぜんぶ背負いこませてなあ」

「へへ、そいつはどうだか」

「おめえの顔をみて、おもいだしたことがあってな。今から一年余りまえ、日本橋に大店《おおだな》を構える呉服問屋の土蔵が破られた。調べてみると、前年にも江戸市中で二件の土蔵破りがあってなあ、いまだに下手人は捕まっていねえ。三件とも、くちなわ一味の遣り口にそっくりなのよ。もちろん、おめえは関わっちゃいねえさ。八丈に流されていたんだからなあ」

「へへ、その土蔵破り、あっしも噂にゃ聞きやした。旦那の読みどおり、たぶん、くちなわ一味の仕業でやしょう。盗ったはいいが、てえした実入りはなかったとも聞いておりやす」

「ほう、やけに詳しいじゃねえか」

「娑婆に出てくりゃ、むかしの悪党仲間と出くわすこともありやす。聞きたかねえ噂も耳に入《へ》えってくる。もちろん、あっしは足を洗った身、盗人稼業に舞いもどる気なんざありやせん。でも、むかしの仲間内にゃ、きっぱり足を洗えず、どっちつかずで迷っている連中もおりやす。冬眠しようかどうしようか、穴まどいしてる蛇といっしょでさあ。そうしたやつらにかぎって、尻尾を出しやすい。四度目はきっと失敗《しくじ》りやすよ」

丁次郎は意味深長な台詞《せりふ》を漏らし、すっと目を逸らす。

「穴まどいの蛇か」

勘兵衛は、蜷局を巻いた青大将をおもいだした。

「旦那、どうかしなすったので」

「重蔵のことさ。ひょっとしたら、この江戸に腰を落ちつけているかもしれねえとおもってな」

こともなげに言い、勘兵衛は丁次郎の目を覗きこむ。

「おめえ、重蔵に誘われたらどうする」

「じょ、冗談じゃねえ。こんど盗ったら、首がありやせんや」

「ふふ、真に受けたのか。まあ、呑んでくれ」

「へ、ありがとさんで」

丁次郎は青首と呼ばれる鴨肉には手もつけず、美味そうに酒だけを呑んだ。

「旦那、あっしが島でおぼえた手仕事は、珊瑚《さんご》玉磨きでさあ」

「ふうん」

「珊瑚玉は簪《かんざし》の飾りになりやす」

勘兵衛は、指の三本欠けた丁次郎の右手をみた。

微妙な細工を要する賽師としては、生活《たつき》を立てられなくなったのだろう。

「おめえにいちど聞きたかったんだがな、三一ってのはどういう意味だい」

「へへ、三一は丁半博打《ばくち》の丁目、丁次郎の丁に掛かる洒落《しゃれ》でやす」

「なるほど、そいつは気づかなかったな」

「つまらねえ綽名でやすよ」

丁次郎は盃を干すと襟を正し、畳のうえに額《ぬか》ずいた。

「旦那、ありがとうごぜえやした。命が洗われたような気がしやす」

「そいつはよかったな。おれも久しぶりで気分の良い酒を呑んだぜ」

「じゃ、あっしはこれで」

「もう、行っちまうのか」

「へい」

「いってえ、どこに行く」

「のんびり江戸見物でもして、また旅に出やす」

「そうかい、達者でな。何か困ったことがあったら、遠慮しねえで訪ねてくるんだぜ」

「もったいねえおことばで」

じゅるっと洟を啜り、丁次郎は去った。

弾正橋で邂逅したのは、偶然であろうか。

勘兵衛には、そうでないような気がしてならなかった。

四

鯉四郎は昏々《こんこん》と眠っている。

峠は越えたが、予断は許さない。

翌日、山谷堀に浪人者の死体が浮かんだ。

今戸焼の窯元で働く職人がみつけたのだ。

食いつめた野良犬の一匹や二匹、野垂れ死んだところで注意を惹《ひ》くはなしでもないが、千枚通しのような得物で心ノ臓をひと突きにされたと聞き、勘兵衛は銀次ともども足をむけた。

大川の落ち口に近い山谷橋の下、西にまっすぐ延びる土手八丁のさきには吉原がある。

不夜城の周囲は一面の田圃で、この時期は鶴が何羽も舞いおりてくる。

山谷堀の畔《ほとり》にも、好物の泥鰌《どじょう》を漁りにやってきた。

鶴もおそらく、面食らったにちがいない。

莚《むしろ》に寝かされた遺体は蒼白く、さほど傷んでもいなかった。

「旦那、どうみても無宿ですぜ」

「そうだな」

「殺られたのは昨晩でやしょう」

致命傷はやはり刺し傷で、背中から肋骨《ろっこつ》を上手に避け、心ノ臓を深々と貫いていた。

「鯉さまを刺した得物と同じだな、こりゃ」

銀次は屈み、素手で遺体を探りはじめた。

薄汚れた着物の懐中からは、手拭《てぬぐ》いや小銭入れやお守りなどが出てくる。

そうしたなかに、銀煙管《ぎんキセル》も交じっていた。

「高価な品でやすよ」

「ん、火口に細工があるな」

「どうかしやしたか」

「細工の紋様がちと気になる」

「蜷局を巻いた蛇か」

「くちなわさ。むかし、江戸を騒がせた盗人一味が使っていた符帳でな」

「くちなわの重蔵、おぼえておりやすぜ。にしても、すぐにそれと気づくたあ、旦那もてえしたもんだ」

「じつは、三一の丁次郎に出くわしたのよ」

「三一といやあ、錠前破りの」

「ああ。恩赦で八丈から戻ってきたらしい」

「奇遇でやすね」

「まあな。やつは日本橋の呉服屋が土蔵破りに遭った件を知っていた」

「怪しいな」

「だが、やつはそのとき島にいた。土蔵破りに関わっちゃいねえ」

「そっか」

「銀次、ともかく、煙管屋を当たってみてくれねえか。これだけ精巧な細工だ。持ち主がわかるかもしれねえ」

「へい」

　銀次は去りかけ、ふと、足を止めた。

「旦那、そういや、忘れるところでやした。十日ほどめえに赤坂の氷川神社裏で警動《けいどう》がありやしたよね」

「おれは非番で出向いていねえが、隠売所《かくしばいしょ》の連中を大勢捕まえたらしいな」

「そんとき、鯉さまがお手柄を」

「ほう、知らなんだな」

「遊女屋を裏で仕切る野郎がおりやしてね、すんでのところで逃がすところを捕まえたんでさあ」

　男の名は達磨《だるま》屋《や》藤兵衛《とうべえ》、ふだんは船宿の亭主を装っていた。

「その藤兵衛に恨まれたとでも」

「逆恨みでやすよ」

「藤兵衛は小伝馬町かい」

「そいつが妙なんで。ひとりだけ、四谷の大番屋に留めおかれておりやす」

「十日もか」

「へい、吟味に手間取っているようで」

捕まったほかの連中は小伝馬町の牢屋敷へ移送されたなかで、たしかに妙なはなしだった。

「会ってみるか」

勘兵衛は銀次と別れ、さっそく四谷にむかった。

大番屋は四谷御門外、濠《ほり》そばの伝馬町内にあった。

江戸に数ヶ所ある大番屋のなかでも大きいほうで、罪人とおぼしき者を留めおく大部屋も備えている。四谷界隈を縄張りにする役人や岡っ引きが屯《たむろ》するところでもあり、南茅《みなみかや》場町《ばちょう》を根城にする勘兵衛はめったに顔を出さない。

敷居をまたぐと、留守番の小者が怪訝《けげん》な顔をしてみせた。

畳の端では、別の小者が悪党面の五十男と将棋を指している。

「何か御用で」

水をむけられ、勘兵衛はこめかみを掻いた。

上がり端《はな》に座り、にこっと微笑んでみせる。

「茶でもくれや」

「へい」

小者は渋い顔で返事をし、煎茶を注いだ。

勘兵衛はひとくち舐《な》め、土間に中身をぶちまける。

「出涸《でが》らしなんぞ注ぎやがって。達磨屋藤兵衛はいねえのか」

さきほどとは打って変わり、声に凄みを利かせた。

小者は怯《ひる》みつつも、口を尖らせる。

「旦那、藤兵衛がどうかしやしたかい」

「うるせえ、てめえはすっこんでろ。藤兵衛を出しゃがれ」

番所の空気が張りつめた。

将棋の駒を握った悪党面が、へらついた口調で喋った。

「へへ、旦那、あっしに何か用ですかい」

「やっぱし、おめえが藤兵衛か。だろうとおもったぜ」

小者たちは、きまりわるそうに俯いた。

袖の下でもつかまされたのだろう。

「藤兵衛よ、ずいぶん居心地がよさそうじゃねえか。仲間や手下は牢屋敷へ送られたってのによ、おめえだけ、こんなところで遊ばされているたあな」

「あっしは船宿の亭主ですぜ。警動のとばっちりを受けただけでさあ。そそっかしい定廻りの旦那に縄あ打たれちまってね」

「その定廻りってのは誰だ」

「たしか、南町の末吉鯉四郎さまと仰《おっしゃ》いやしたか。おかげさんでこのとおり、十日も大番屋で塩漬けに。ま、疑いが晴れた今となっては、どうでもいいことでやすがね。ところで、あっしに何かご用で」

「用はねえ。小悪党の面を拝みにきただけさ」

「旦那、ひとを見掛けで決めつけちゃいけねえな。あっしをお疑いなら、南町の筆頭与力さまにお尋ねくだせえやし」

「なに、筆頭与力だと」

「伴野左近《ばんのさこん》さまでやすよ」

大物の名が出たので、勘兵衛は眉を顰《ひそ》めた。

「ぬへへ、伴野さまが直々にあっしを吟味してくだすったんでさあ。そんでもって疑いが晴れたんだ。おわかりでやしょう、下手な勘ぐりはよしたほうがいい。でなきゃ、あとで後悔しやすよ、旦那」

怒りをぐっと抑えこむ。

「てえした自信じゃねえか。外に出たら、せいぜい気をつけるんだな」

「ご忠告、ありがとさんで」

鯉四郎が刺された一件との関わりは、判然としない。

だが、藤兵衛が悪党であることに疑いの余地はなかった。

五

夕刻、勘兵衛は銀次と芝居町の「福之湯《ふくのゆ》」で落ちあった。

福之湯は銀次が女房のおしまにやらせている銭湯で、勘兵衛が朝一番でかならず立ちよるところだ。

「旦那、ちと赤坂までご足労願えやせんか」

「おう、何かわかったか」

「道々、おはなしいたしやす」

銀次の調べで、銀煙管の持ち主が判明した。

意外にも、それは殺された駕籠かき、権十の持ち物だった。

駕籠かきには不釣り合いの高価な品という点も引っかかったが、銀次はひとつ気になるはなしを仕入れてきた。

深川で仏壇屋の番頭殺しがあった日の前日、両国広小路の水茶屋で酔っぱらい同士の喧嘩があった。ひとりは銀煙管の持ち主でもある権十、そして、喧嘩の相手が山谷堀に浮かんだ浪人者であったという。

「浪人者の名は浅《あさ》井《い》新《しん》右《え》衛門《もん》、下総《しもうさ》出身の無宿でして。ふたりともしたたかに酔ってたんで、どっちが悪いとも言えやせん。ただ、権十のほうには仲間がおりやしてね、数をたのんで浅井をさんざ莫迦にしくさった。それを恨みにおもい、翌日、浅井は権十を殺《あや》めたんじゃねえかと」

「浪人者の狙いは番頭ではなく、駕籠かきだったというわけか」

「へい」

曼珠屋の番頭幸吉は凶事に巻きこまれ、不運にも命を落としたにすぎぬと、銀次は筋を描いてみせる。浅井は番頭の財布は捨てておき、たまさか目に留まったのか、権十の銀煙管だけを奪った。

その浅井が何者かに殺められた。

「しかも、千枚通しのような得物でぶすり」

「旦那、じつは権十と浅井新右衛門の喧嘩を仲裁したのが、鯉さまだったそうで」

「なんだと」

すなわち、鯉四郎は喧嘩の仲裁と駕籠かき殺しの両方に関わっていたことになる。

そのせいで、何者かに命を狙われたのだろうか。

いずれにしろ、謎は深まるばかりだ。

ふたりは紀伊《きい》藩邸の海鼠塀を右手に眺め、赤坂の薬研坂《やげんざか》までやってきた。

武家屋敷に囲まれた急坂の途中に、鳴門屋《なるとや》という駕籠屋がある。

「権十を雇っていた駕籠屋か」

「へい、浅井新右衛門の狙いは権十だった。そのことを、相方の熊吉は知っていたはずなのに、物盗りの仕業だと言い張りやがった。考えてみりゃ、ちと怪しい。ほんとうのことを言えねえ事情《わけ》があったんじゃねえかと」

「事情ってのは」

「熊吉は浅井の人相風体を憶えていた。そいつを駕籠屋の親方に告げたところ、余計なことは喋るなと口止めされた。なぜなら、親方は浅井を殺める腹を決めていた。へへ、泥亀《どろがめ》銀次の勘働きでやすよ」

「なるほど、筋は通っているようだな。で、親方ってのはどんな野郎だい」

「鳴門屋伝助《でんすけ》、気の荒《あれ》え駕籠かきどもを束ねるにはもってこいの男、海坊主のような大男でやす。ともかく、伝助に会ってみねえことにゃ埒《らち》はあかねえ。そこで、旦那にご足労願ったというわけで」

「よし、面あ拝んでやろうじゃねえか」

鳴門屋の門前には空駕籠が所狭しと並び、褌《ふんどし》を尻に食いこませた駕籠かきどもが忙《せわ》しなく出入りしていた。

「ごめんよ」

銀次が十手を翳《かざ》して敷居をまたぐと、雲をつくような大男がこちらをぎろりと睨《にら》んだ。

「おや、どちらの親分さんで」

「芝居町の銀次ってもんだ。おめえが伝助かい」

「そうですが」

「権十が殺られた件で、ちと聞きてえことがあってな」

「その件なら、うちの熊吉が本所廻りの旦那にぜんぶおはなししやしたよ」

「こっちの出る幕はねえとでも言いたげだな」

「何度も同じはなしをしたくねえだけですよ」

「ふふ、まあ、そう尖るな。せっかく、臨時廻りの旦那をお連れしたんだ。こちらは南町の長尾勘兵衛さまよ」

勘兵衛は小太りのからだを押しだし、上がり端に腰を降ろす。

伝助は面倒臭そうに溜息を吐き、膝をたたんで正座した。

「旦那、いってえ何のご用です」

「熊吉はいねえのか」

「あいにく、うちにゃ茶を挽いてる駕籠かきはおりやせん」

「そうかい。だったら、おめえに聞こう。浅井新右衛門という浪人者は知っているかい」

「いいえ、ぜんぜん」

「屍骸《むくろ》が山谷堀に浮かんだぜ。懐中にこいつがへえっていやがった」

勘兵衛は銀煙管を取りだし、指で器用に羅宇《ラオ》を廻してみせる。

「こいつに見覚えは」

「いっこうに」

伝助は顔色ひとつ変えない。

しかし、頰がわずかに強張《こわば》ったのを、勘兵衛は見逃さなかった。

「死んだ権十の持ち物さ。火口のところをみてみな」

「細工ですか」

「蜷局を巻いた蛇だ。その紋様に見覚えは」

「さあ。でも旦那、どうしてそんなことをお尋ねになるんです」

「なあに、念のためさ。おめえが浅井っていう浪人者を殺らせたのかもしれねえ」

「ぬふふ、何を仰いますやら」

鎌を掛けても、伝助は動じない。

余裕綽々《よゆうしゃくしゃく》のところが、かえって怪しい。

「ま、今日のところは挨拶《あいさつ》だけにしといてやる。また来るぜ」

勘兵衛は袖をひるがえし、見世の外へ出た。

伝助の歯軋りが聞こえてくるようだ。

「あの野郎、誰かと同じ臭いをしているぜ」

「旦那、そいつは」

「おもいだした。達磨屋藤兵衛だ。ふたりともかなりの悪党さ、顔をみりゃわかる」

薬研坂を上って赤坂御門へ戻るには、途中、牛啼坂《うしなきざか》の石段を降りてゆかねばならない。

石段を降りるころにはすっかり日も暮れ、あたりは薄闇につつまれていた。

行き交う人影はないが、怖気《おぞけ》立つような殺気がわだかまっている。

「銀次、どうやら脅しが利いたらしい」

「へい、そのようで」

「おめえはちょいと、そのへんに隠れてろ」

「おひとりで平気ですかい」

「鼠《ねずみ》どもを追っぱらうくれえなら、ひとりでもでえじょぶさ」

「承知しやした。あっしは、旦那が追っぱらった鼠を追いかけやす」

「たのむ」

銀次を木陰に残し、勘兵衛はひとりで石段を降りていった。

すると、左右から人影が飛びだしてきた。

「三人、四人……」

ぜんぶで五人おり、いずれも黒頭巾で顔を隠している。

五人目にあらわれた男は、首も手足も鶴なみに長い。

どうやら、頭目らしい。

石段を滑るように上り、正面から慎重に間合いを詰めてくる。

「不浄役人め、死んでもらうぜ」

「ほう、穏やかじゃねえな。駕籠屋が差しむけたのか」

「んなことは、どうだっていい」

「十手持ちを殺ったら、畳のうえじゃ死ねねえぜ」

「ふん、不浄役人の一匹や二匹、屁《へ》でもねえや。それ」

男に煽《あお》られ、黒頭巾の連中が一斉に斬りかかってきた。

勘兵衛は背帯から十手を引きぬく。

ひとり目の突きだした匕首《あいくち》を躱し、鉄十手の先端で籠手《こて》を叩く。

「ぎゃっ」

ふたり目は段平《だんびら》を振りおろしてきたが、容易に見切って面を打つ。

鮮血が散るなか、残りのふたりが交互に斬りつけてきた。

得物は匕首でも段平でもなく、長尺の刀だ。

激しく火花が散り、苦しげな呻《うめ》きがつづく。

ふたりとも十手で叩かれて昏倒し、石段を転げおちていった。

最後のひとりになった鶴首は、少しばかり歯ごたえがありそうだ。

「臨時廻りにしちゃ、なかなかやるじゃねえか」

横柄《おうへい》にも胸を張り、偉そうにうそぶいてみせる。

勘兵衛は格子縞《こうしじま》の裾《すそ》を端折《はしょ》り、ぐっと腰を落とした。

「てめえとは年季がちがう。観念しろや」

「ほざけ、くりゃ……っ」

男は匕首を抜き、低い姿勢から伸びあがってくる。

十手で受けたにもかかわらず、鬢を浅く削られた。

「うっ」

鋭い痛みが走る。

なかなかの力量だ。

大口を叩くだけのことはある。

つぎの瞬間、鶴首男はくるっと背をむけた。

「あばよ。近えうちにかならず、貸しは返《け》えしてもらうぜ」

「待て」

勘兵衛は、走りさる男の背中を睨みつけた。

あとは銀次が行き先を見定めてくれるだろう。

六

翌晩、勘兵衛は眠りつづける鯉四郎を綾乃に託し、白金村へおもむいた。

銀次が突きとめたさきは、村の一角にある大名の下屋敷だった。

南麻布から渋谷川を渡り、三鈷坂《さんこざか》を登ってゆく。

すると、早道場《はやみちのば》という原っぱに出る。

辻斬りや追いはぎの出没する物淋しいところだ。

坂道の右手に下屋敷の練塀が連なり、中間部屋《ちゅうげん》では夜な夜な丁半博打が催されていた。

勘兵衛は町人髷を結い、白い口髭まで付け、縮緬《ちりめん》問屋の隠居を装っている。

銀次は先導役の手代に化け、提灯で暗い夜道を照らしてすすんだ。

「銀次、鬢付油が臭《くそ》うてかなわぬな」

「よくお似合いですよ、ご隠居さま」

「縮緬問屋の屋号は何であったかな」

「千日屋《せんにちや》勘右衛門、そいつを忘れてもらっちゃ困りやすぜ」

ありもしない屋号さえ名乗れば、鉄火場に入れてもらえるらしい。

「どうやって仕組んだ」

「蛇の道はへび、貸しのある地廻りにはなしをつけやした。旦那はどう眺めても鴨葱《かもねぎ》にしかみえねえ。ふふ、門前払いは食いやせんよ」

博打は法度《はっと》に触れるものの、大名屋敷の内まで町奉行所の手はおよばない。大名は台所事情が厳しいため、賭場のあがりを期待して堂々と法度破りをやらせている。なかでも、朱引線《しゅびきせん》の境界に点在する下屋敷は悪事の温床になりやすい。中間部屋を仕切る若党が胴元を募って賭場を開帳し、いかさま博打で客の身銭を巻きあげるのだ。

「旦那を襲った鶴首野郎は、勝手知ったる様子で毛利さまの下屋敷に消えていきやした。あれは客じゃねえ。たぶん、胴元側の人間でやしょう」

それを確かめるべく、勘兵衛は潜入をこころみる。

めざす毛利屋敷の裏手に廻ると、潜り戸の脇で目つきの鋭い折助《おりすけ》に誰何《すいか》された。

「どちらさまでしょう」

「縮緬問屋の隠居で、千日屋勘右衛門と申します」

「ああ、それなら聞いておりやす。さ、どうぞ」

「手代も同道させてもらえましょうか」

「かまいやせんよ」

賭場口には別の折助が待っており、丁寧にあたまをさげられた。

「ささ、どうぞおあがりください」

折助の背につづいて、ふたりは中間部屋へ通じる廊下を渡った。

奥のほうから、ざわめきが聞こえてくる。

大広間に設《しつら》えた盆茣蓙《ござ》のまわりには、客がぎっしり詰めていた。

「さあ、張った張った。駒を張ってくだせえよ」

仕切り役の中盆が、威勢の良い声を張りあげた。

勘兵衛は銀次に駒札を買わせ、空いた席に腰を降ろす。

「半方、半方はごぜえやせんか」

中盆の声につられて目をあげた瞬間、あっと息を呑んだ。

盆茣蓙の正面には、若い女の壺振りが座っている。

諸肌脱ぎで胸に晒布《さらし》を締め、染みひとつない白い肌を晒していた。

後ろに控えた銀次もぽかんと口を開け、目を吸いつけられている。

左右の客たちも、賽の目より白い肌のほうが気になる様子だった。

「丁半駒揃いやした。ようござんすね、めえりやすよ」

中盆の合図で、女は壺を振った。

一糸の乱れもない流麗な手並み、おもわず見惚れてしまう。

「勝負っ」

壺がひらいた。

張りつめた糸が切れ、客の多くは溜息を漏らす。

「けっ、またやられた。今夜はついてねえや」

負けのこんだ客は悪態を吐き、駒札を勘定する。

勘兵衛は隣に座る職人風の男に囁きかけた。

「もし、あのおなご、名は何というのでしょう」

「乞目《こいめ》のおはんだよ」

「乞目」

「賽の目をおもいどおりに振りだすことができるのさ。たしかに、あの手並みはただ者じゃねえな」

「なるほど」

「この辺じゃ見掛けねえ顔だ。おおかた、渡り鳥の壺振りだろうよ」

「渡り鳥ですか」

勘兵衛は半刻ほど、じっくり様子を眺めた。

目つきの鋭い合力たちに睨まれても、いっこうに動じない。

「さあ、張った張った、丁方、丁方はごぜえやせんか」

面と向かって中盆に急《せ》かされ、仕方なく駒を張る。

「では、丁でお願いします」

駒が揃うと、おはんが瞬時に壺を振った。

「勝負っ、三一の丁」

「うほっ。旦那さま、勝ちましたよ」

銀次が手放しで喜ぶ。

手長で負け駒があつめられ、手前にすうっと寄せられてきた。

職人の隣に座った浪人者が、ふんと鼻を鳴らしてみせる。

「初手は勝たしてくれるもんさ」

おはんは気にも留めず、淡々とつぎの勝負に移ってゆく。

勘兵衛はしばらく勝ちつづけ、調子に乗って大きく賭《か》けた途端、逆の目を出された。

壺を振るおはんは表情も変えず、あくまでも堂々としている。そのすがたは神々しくさえあり、観音菩薩にもみえたが、中盆や合力がのぞかせる怪しげな仕種から、いかさま博打であろうことは容易に察せられた。

いかさま博打の多くは、賽子に細工がしてある。

鉛や水銀を入れたものは餅入り、賽子の角から針が出るものは平飛《ひらとび》などと称された。いずれも「ぐら賽」とか「だるま賽」とか呼ばれる賽子で、精巧なものになると素人に見分けはつかない。

「くそっ、また負けた」

さきほどの浪人者が、真っ赤な顔で吐きすてた。

まっとうに稼いだ元手ではなく、盗み金でも賭けているのだろう。

負けがこんで熱くなり、聞こえよがしに文句ばかり吐いているのだ。

「こんちくしょう、勝ち目を出しやがれ」

負け犬がまた吠えた。

おはんは気にも留めないが、中盆や合力たちは怒りを溜めこんでいる。

下座の内証からは、厳つい若党が鋭い眼光を投げつけてきた。

そういえば、鶴首の男はどこにも見当たらない。

さらに、小半刻ほど経ち、浪人者は駒札をすった。

「おかしいぞ、いかさまではないのか」

押し殺したような声が、部屋の空気を凍らせた。

「旦那、因縁をつけようってのかい」

合力どもが片膝を立て、一斉に凄んでみせる。

浪人者は怯まず、逆しまに女壺振りを睨みつけた。

腕に少しは自信があるのだろう。

「おい、女、賽子をみせてみろ」

おはんは応じず、かたわらの合力が怒鳴った。

「あんだと、こら」

「みせぬというなら、容赦はせぬ」

浪人者は差料を引っつかみ、ぐっと身を乗りだす。

「うふふ」

おはんは嫣然《えんぜん》と微笑み、きつく巻いた晒布を左手で引きさげた。

実った乳房がこぼれでる。

「う」

浪人者はたじろいだ。

おはんは隙を衝き、片膝を繰りだすや、相手の利き腕を搦《から》めとる。

「おっ」

浪人者は前のめりになり、両手を盆茣蓙についた。

百《ひゃく》目《め》蠟燭《ろうそく》の炎が揺れ、蒼白い閃光が奔《はし》った。

「ぬげっ」

悲鳴をあげた浪人の右手甲には、畳針が深々と刺さっている。

優に五寸はあろう。

針を握ったおはんの動きは素早かった。

盆茣蓙に鮮血がひろがり、浪人者は痛みに身を震わせた。

瞬きのあいだの出来事に、誰もが呆気にとられている。

突如、おはんが啖呵《たんか》を切った。

「命があるだけありがたくおもいな。ほら、あんたたち、その野良犬を外へ抛《ほう》りだしな。ぐずぐずしてんじゃないよ」

「へい」

合力どもは我に返り、浪人者を羽交い締めにする。

「それ、担ぎだせ」

浪人者は項垂《うなだ》れたまま、廊下を引きずられていった。

勘兵衛は微動だにせず、血溜まりに転がった畳針を睨んでいる。

鯉四郎を傷つけた「千枚通しのような得物」とは、これではないのか。

おはんは黒羽織をふわりと纏い、盆茣蓙に背をむけた。

「おお」

感嘆の声が漏れ、客たちの目は釘付けにされる。

黒羽織の背中いっぱいに、丹頂鶴が羽をひろげていた。

おはんは若党に導かれ、隣部屋にすがたを消してしまった。

「皆々様、ご覧のとおり、とんだ水入りとなりやした。今晩はこれにて、おひらきにさせていただきやす」

中盆の合図で合力が動き、血塗られた盆茣蓙はさっさと片づけられた。

客たちは白けた顔になり、仕方なく廊下へ消えてゆく。

おはんの啖呵が聞けただけでも儲《もう》けもの、客たちはそんなふうに潔く考えているようだった。

「銀次、女を跟《つ》けるぞ」

「へい」

勘兵衛と銀次は毛利屋敷を出て、裏木戸のみえる物陰に潜んだ。

暗闇から宿駕籠が一挺近づいてくる。

轅《ながえ》には渦巻き模様の屋号がみえた。

「銀次、あれをみろ」

「おっと、鳴門屋か」

「繋がったな」

裏木戸からおはんがあらわれ、駕籠の内に吸いこまれていった。

七

雨がしとしと降ってきた。

女壺振りを乗せた駕籠は渋谷川に架かる四ノ橋を渡り、広尾へむかった。

さらに、原宿、青山百人町と抜け、四谷門をめざしてすすんでゆく。

途中、千駄ヶ谷の役人町で駕籠は急に止まった。

先棒があやまって子犬を蹴飛ばしたのだ。

――きゃん。

子犬が吠えた途端、おはんは駕籠から飛びだしてきた。

注視していると、寒そうに震える子犬を抱いて戻ってくる。

勘兵衛は銀次と顔を見合わせた。
賭場で啖呵を切ったすがたと、子犬を可愛がるすがたは、相容れないものだ。
いずれにしろ、弱い命を慈しむ者に悪人はいないと、勘兵衛は信じている。
駕籠を追いながら、心に戸惑いが生じていた。
たどりついたさきは喰違門の手前、鮫ヶ橋坂の途中であった。
眼前に紀伊屋敷の海鼠塀が迫り、左手に町屋がひろがっている。
先棒が垂れを捲《まく》ると、子犬が元気良く飛びだしてきた。
さらに、白くて細長い片足がすっと伸びる。
左褄《ひだりづま》を取ったおはんは、貝髷に銀簪を挿《さ》していた。
「あの女だ」
勘兵衛はつぶやいた。
――粋筋の若い女。
正燈寺で目にした妖《あや》しげな後ろ姿とかさなった。
おはんは駕籠から離れ、ひとつさきの辻を曲がった。
勘兵衛と銀次は跫音《あしおと》を殺し、影のように追いかける。
狭い横道が闇に繋がってゆく。

おはんは袋小路のどんつきで振りかえり、小首をかしげてみせた。

追っ手がいないのを確かめ、とある店のなかに消えてゆく。

「それ」

銀次ともども、駆けよせた。

店の屋根看板には「傘八《さんや》」とある。

「旦那、口入稼業と書いてありやすよ」

「おれもおめえも知らねえってことは、新しい店だな」

「どうりで、屋根看板だけがやけに光っていやがる」

屋号に貼られた金箔《きんぱく》が、軒行燈《のきあんどん》の灯を反射させている。

「旦那、どうしやす」

「当たってくだけろ、乗りこもうぜ」

「そう来なくっちゃ」

銀次は大股で近寄り、板戸を威勢良く敲《たた》いた。

「ごめんくださいまし、ごめんくださいまし」

しばらくして潜り戸が開き、内側から手燭《てしょく》が突きだされた。

つづいて、手代らしき男が間抜け顔をみせる。

「どちらさまでしょうか」

銀次がすかさず、十手を閃《ひらめ》かせた。

「ちょいとごめんよ」

有無を言わせず、潜り戸から押し入る。

勘兵衛も化けたなりのまま、銀次につづいた。

「こ、困ります。勝手におはいりになられては、困ります」

うろたえる手代を制し、勘兵衛は静かに質《ただ》す。

「主人の名は」

「じゅ、重三郎《じゅうさぶろう》と申します」

「呼んでくれ」

「もう、床にはいっております」

「御用の筋だ。何なら、こいつで叩きおこしてやろうか」

勘兵衛は十手を抜き、上がり框《かまち》の板を軽く叩いた。

縮緬問屋の風体では、さまにならない。

手代は下駄を脱ぎ、板間にあがった。

すると、そこへ。

部屋着姿の痩せた男があらわれた。

年齢は五十前後か。

長身で、首が鶴のように長い。

黒頭巾の男だなと、勘兵衛は察した。

「重三郎さんかい」

「へえ、手前は傘八の主人ですが、何か」

「こんな恰好で何だが、おれは南町の臨時廻りでな」

「廻り方の旦那、これは失礼いたしました。何か御用でも」

「女がひとり店にへえったはずだ」

「女ですか」

「壺振りのおはんだよ、惚《とぼ》けるとためにならねえぜ」

「手前にゃ何のことだか」

「しらを切ろうってのか」

「旦那、女壺振りがどうかしたので」

「三鈷坂の鉄火場で客の手甲を刺したのさ。五寸針というめずらしい得物でなあ」

「五寸針、それはまた物騒なおはなしで。旦那方はその場にいらっしゃったのですか」

「ご覧のとおり、商人に化けてな」

「それはまた、どうしてです」

「聞き役はおめえじゃねえ、こっちの問いに応えな」

勘兵衛は上がり端に半尻で座り、毛臑《けずね》を剝《む》いてみせる。

「旦那、おはんなんて女は知りやせんよ」

「それじゃ、奥座敷をあらためさせてもらおうか」

「ようございます。ただし、女が出てこなかったら、どうなされますか」

「どうもしねえさ、また明日、挨拶に来るまでのことよ」

「そいつは迷惑なはなしだ。こちとら、まっとうに商いをやっている身、十手持ちにうろつかれちゃ、傘八の看板に傷がつく」

「地金を出しやがって、生意気な口を利くと承知しねえぞ」

「後悔しやすぜ、へへ、臨時廻りの旦那」

「ほう、不浄役人を脅そうってのか」

「ふっ、そんなつもりはありませんがね」

重三郎は眸子を光らせ、薄く笑ってみせる。

こやつ、ただ者ではない。

「傘八の重三郎か、なかなか骨のありそうな野郎だな。おめえ、いつからここに店を出したんだ」

「三年前ですが」

「知らなかったな」

「細々とやっておりますから」

「ここに来るまえはどこにいた」

「上方を転々としておりました」

「どうでえ、江戸の水は甘えか」

勘兵衛が皮肉めいた笑みをかたむけると、重三郎はわずかに頬を強張らせた。

「何を仰いますやら。旦那、冗談はやめてくださいよ」

「おめえの肝っ玉に免じて、今夜のところは矛を収めよう」

「そいつはどうも……あ、旦那、ちょいとお待ちを」

重三郎は身を寄せ、袖のなかに小判を何枚かねじこんできた。

「何のまねだ」

「ほんのご挨拶代わりでございますよ。口入稼業に賄賂はつきもの。旦那、お気軽にお納めくださいまし」

「邪魔したな」

勘兵衛は袖の内で小判をじゃらじゃらさせながら、重三郎に背をむけた。

潜り戸から外へ出てくると、銀次が訝《いぶか》るように訊《き》いてくる。

「旦那、どうして貰っちまったんです」

「嚙《か》んでも歯形の付かねえ粗悪品だ、ほれよ」

銀次は抛られた小判の端を嚙んでみた。

「なるほど、旦那の仰るとおりだ」

「俵目に特徴がある。盗み金なら盗んださきがわかるかもしれねえ」

「なあるほど、証拠の品ってわけか」

「あの野郎、こっちの目が節穴だと莫迦にしていやがる」

「張り込みやしょうか」

「たのむ。鶴首野郎の素姓をあらってくれ」

「へい」

勘兵衛は銀次を残し、紀伊屋敷の海鼠塀に沿って喰違門にむかった。

喰違門という呼称は、石畳が左右から喰いちがって突きだしている外観から付けられたものだ。紀尾井坂の頂部なので眺望はすばらしい。だが、今は漆黒の闇につつまれている。

左手には馬場がつづき、伸び放題の草木が風に揺れていた。

　勘兵衛は襟を寄せ、急ぎ足ですすむ。

　ふっと、白いものが目の端を過《よ》ぎった。

「わっ」

　驚いて仰《の》けぞると、すぐそばに背の高い女が立っている。

「うふふ、幽霊じゃないよ」

　朱唇《くちびる》の端を吊って微笑む女は、おはんであった。

「おまえさん、臨時廻りだってねえ。あたしに何か用かい」

　蓮っ葉な物言いが、粋な立ち姿に似合っている。

　勘兵衛は冷静さを取りもどした。

「四谷薬研坂の宿駕籠屋、鳴門屋伝助を訪ねた帰り道で、首が鶴みてえに長え刺客に襲われた。そいつを跟けたら、三鈷坂の鉄火場に行きついた。そこで幸運にも、乞目のおはんに出会ったというわけさ。おめえがあすこで五寸針を使わなかったら、気をむけなかったかもな」

「何のことだか、わからないねえ」

「もとをたどれば、仏壇屋の番頭殺しからはじまった一件だ。いいや、駕籠かき殺しと言うべきだろう。喧嘩の恨みから駕籠かきを殺った浪人者が、何者かに殺された。千枚通しのような得物で心ノ臓をひとつき、しかも、得物にゃ烏頭の毒が塗ってあった。おれは浪人者を殺《や》った下手人より、殺らせた野郎のことが知りてえ。できりゃ、おめえに教えてもらいてえんだがな」

「知るかい、そんなもの」

「だったら、何でのこのこ出てきやがった」

「わからないのかい、おまえさんを始末するためさ」

「正直に吐いたな。末吉鯉四郎という定廻りを刺したのも、おめえか」

「相手が誰かなんて知らないよ。あたしは言われたままに動くだけ。そうやって育てられたんだ。自分が生きぬくためなら、言われたとおりにやるっきゃない」

「おめえは殺しを命じられたのか」

「お黙り」

「黒幕は口入屋か、やつは何者だ」

「死んじまうあんたが知っても、仕方のないことさ」

「三途の川を渡る駄賃だとおもって、教えてくんねえか」

「いやだね」

おはんは懐中から五寸針を取りだし、裾をからげて飛びこんできた。

勘兵衛はひょいと避け、反転しながら十手を抜きはなつ。

「死にさらせ」

紅い襦袢《じゅばん》がひるがえり、おはんの顔は般若に変わった。

五寸針を逆手にもちかえ、倒れこむように突いてくる。

「うっ」

頬に痛みが走った。

と同時に、勘兵衛は十手で籠手を叩きつけた。

「きゃっ」

おはんの手から、五寸針が落ちた。

「観念しろい」

白い右腕を捻《ねじ》りあげる。

頬に流れた血を舐めると、苦い味がした。

「ふふ、恐ろしいかい。安心しな、毒は塗ってないよ」

おはんは不敵に笑う。

「舐めるんじゃねえぞ」

勘兵衛は手練の技で早縄を打ち、おはんを地べたに這《は》いつくばらせる。

「不浄役人め、あたしをどうする気だい」

「そいつは、おめえ次第だ」

勘兵衛は吐きすて、五寸針を拾いあげた。

八

床に臥して五日目、鯉四郎はまだ眠りつづけている。

呼吸はしているものの、からだは痩せほそり、饐《す》えたような臭いを放っていた。

綾乃は口移しで水を呑ませ、伸びきった月代《さかやき》と髭を剃《そ》ってやったりなどしていたが、飯もろくに咽喉《のど》をとおらぬようで、鯉四郎以上に窶《やつ》れてみえた。

勘兵衛は焦りを募らせつつも、事の真相に近づいているような気がしている。

鍵を握るのは、おはんという壺振りだ。

与力の吟味に委ねられる大番屋送りにはせず、芝居町の自身番で預からせていた。

本物の悪党を炙《あぶ》りだすには、隠密裡に事をすすめたほうがよかろうと判断したのだ。

どこの町にもある自身番は、家主と番太郎の詰める九尺二間《くしゃくにけん》の狭い小屋だ。腰高障子で区切られた向こうには、窓のない三帖の板間がある。壁も板張りで中央に鉄環がぶらさがっており、短期間であれば罪人と疑わしき者を留めおくこともできた。

堀川に照りかえす朝日が眩《まぶ》しい。

今日は秋晴れの空になりそうだ。

親父橋の周辺を、魚河岸ではたらく連中が行き交っている。

勘兵衛は三尺張りだしの式台をみつめ、美味そうに一番茶を啜った。

銀次が玉砂利を踏みしめてあらわれると、家主と番太郎は遠慮して外へ出た。

「旦那」

「おう」

「おはんのやつ、どうしておりやす」

「静かなもんさ。手甲を痛めたから、とうぶんは壺も振れめえ」

「危ねえまねも、できねえってことでやすかい」

「まあな」

「鯉さまを刺したな、やっぱし、おはんでやしょうかね」

「おおかたな」

「煮えきりやせんね」

「おれを襲った五寸針に毒が塗ってなかったもんでな」

勘兵衛はそう言い、蚯蚓腫《みみずば》れになった頰の傷に触れた。

「で、口入屋の素姓はわかったかい」

「あの野郎、手広く商いをやっておりやしてね。鮫ヶ橋の界隈じゃ、夜鷹《よたか》屋の元締めも一目置くほどの稼ぎようで」

「なあるほど、あのあたりは夜鷹屋の縄張りだったな」

「元締めから聞いたはなしでは、どうやらあの野郎、鉄火場の胴元をいくつかまかされておりやす」

折助を斡旋する口入屋なら、大名屋敷にも顔が利く。鉄火場の胴元であってもおかしくはない。

「いかさま博打で巻きあげた金を、法外な利子で客に貸しつけているらしいんで」

金を貸した客はいっそう博打にのめりこみ、幾たびか借金を重ね、仕舞いには家族もろとも地獄へ突きおとされる。それが顚末《てんまつ》らしい。

「すると、三鈷坂の毛利屋敷も」

「へい、重三郎の息がかかった賭場にまちげえありやせん。あの野郎、遊女屋や船宿も営んでおりやしてね、きわめつけが駕籠屋でやす。例の薬研坂にある鳴門屋、ありゃ伝助の店じゃなく、じつは重三郎のものだとか」

「ほほう」

「口入稼業の仲間内じゃ、ちょいとした顔で。大きい声じゃ言えねえが、筆頭与力の伴野さまとも繋がってる節がありやす」

「なんだと」

伴野左近の名が飛びだすのは、これで二度目だ。

一度目は警動で捕まった達磨屋藤兵衛の口から漏れた。

鯉四郎が縄を打った悪党とも、裏で繋がっているのだろうか。

「あっしの読みじゃ、繋がっておりやすね。警動のあった赤坂の氷川神社辺にも、重三郎の遊女屋があるらしいので」

「聞き捨てならねえな、そいつは」

口入屋の重三郎が背後に控え、藤兵衛や伝助といった悪党どもを鵜飼いのように操っているとも考えられる。

「そいから、例の粗悪な小判の出所でやすがね」

銀次は意味ありげに笑う。

「一年前に土蔵を破られた呉服屋の金じゃねぇかと」

「ほ、そうかい」

「商人の代金決済にゃ、ああした粗悪小判もよく使われるそうなんで」

「やはり、くちなわ一味がからんでいるってことか」

乞目のおはんも、手下のひとりなのだろうか。

――あたしは言われたままに動くだけ。そうやって育てられたんだ。

と、おはんは吐いた。

もしかしたら、命じられれば人殺しをも厭わない刺客になるべく、重三郎に育てられたのではあるまいか。

だが、子犬を救う優しさのあるおなごに、人殺しができるのだろうか。

「銀次、やつらはなぜ、鯉四郎の命を狙ったのかな」

「そこが解けねえ謎で」

鯉四郎は、警動にも駕籠かき殺しにも関わってしまった。

真面目に探索する姿勢が、悪党どもには目障りだった。かりに、そうであったにせよ、目障りというだけで、廻り方の同心を殺めようとするだろうか。何らかの企みがあって、鯉四郎を始末しておく必要があったのではあるまいか。

さまざまに考えを巡らせていると、おもいがけない人物が番屋を訪ねてきた。

「ごめんくださいまし、うぽっぽの旦那」

「おめえは、丁次郎じゃねえか」

「へい、江戸見物をしてめえりやした。そこの福之湯さんでお尋ねしたら、こちらにいらっしゃるとのことで」

「まあ、あがれ」

「いいえ、こちらでけっこうです」

丁次郎は上がり端に片尻を引っかけ、きょろきょろ部屋のなかをみまわした。

「へえ、ここが自身番ですかい」

「おめえ、自身番ははじめてか」

「ずいぶん長えあいだ、自身番にゃ近づきやせんでした」

「盗人にとっちゃ鬼門にちげえねえからな」

と、銀次が横から口を挟む。

丁次郎はにやりと笑った。

「もしや、すっぽんの親分さんですかい」

「そうよ。おめえは三一の丁次郎だな、その不敵な面構え、忘れやしねえぜ」

「島暮らしが長かったもんで、すっかり潮焼けしちまって」

「目尻の皺に苦労の跡が染みこんでいるようだぜ。盗人はみんながみんな、おめえみてえに改心できるわけじゃねえ。考えようによっちゃ、おめえは運の良い男さ」

「親分さんの仰るとおりで」

丁次郎は、奥の板間との仕切りをちらりとみやった。

「誰か、繋がれておりやすようで」

「女の壺振りさ」

「ほう、めずらしい」

「そういえば、おめえ、表の稼業は賽師だったな。乞目のおはんって名に、聞きおぼえはねえか」

「いいえ、いっこうに」

丁次郎は銀次の問いかけに応じ、むっつりと黙りこむ。

勘兵衛は業を煮やし、顔を近づけた。

「どうしたい、しけた面しゃがって」

「うぽっぽの旦那、ちとご相談が」

「ん」

ただごとではない様子を察し、勘兵衛は腰をあげた。

「銀次、湯舟を借りるぜ。ここを頼まあ」

「へい」

勘兵衛は旅姿の丁次郎をともない、外へ出た。

九

通りひとつ隔てた福之湯の暖簾を振りわけた。

「おや、旦那、いらっしゃい」

番台のおしまは銀次の女房だ。いつも撫牛《なでうし》のように微睡《まどろ》んでいるのだが、今朝はめずらしく起きている。

「女湯に客はいるかい」

「まだ誰も来ちゃおりませんよ」

「それなら、ふたりでいいかな」

「どうぞ、どうぞ」

恐縮する丁次郎の背中を押し、さっそく脱衣場へむかう。

専用の刀掛けに大小を掛け、手拭い一本肩に引っかけて洗い場へすすんだ。

手桶で掛け湯を汲んでまえを流し、箔絵で飾られた破風《はふ》を見上げる。

「貸し切りだ、遠慮すんな」

「へい」

柘榴口《ざくろぐち》から屈みいると、湯気が濛々《もうもう》と立ちこめていた。

勘兵衛は手拭いを月代に乗せ、爪先を湯舟に差しいれる。

「熱っ、さすがに一番風呂だぜ」

丁次郎も爪先を入れ、熱さに顔をしかめた。

歯を食いしばり、肩まで一気に浸かってみせる。

「おほっ、さすがは天下御免の盗人、おもいきりがいいな」

「旦那、釜茹《ゆ》でにされた石川五右衛門の心持ちですぜ。足のさきまで、じんじんしてきやす」

「そいつがたまらねえのよ」

「一番風呂にへえるなんざ、生まれてはじめてのことでさあ」

「何よりの贅沢だ。溜まった垢《あか》を流すがいいぜ」

「あっしはもう、いつお迎えがきても悔いはねえ」

「大袈裟《おおげさ》なことを言うない」

勘兵衛は肩まで浸かり、すぐさま、ざぶんと立ちあがる。

丁次郎は茹で蛸《だこ》のように火照《ほて》った顔で、じっと浸かりつづけた。

「さあ、喋ってみな」

「へい」

「遠慮はいらねえ、裸の付きあいだ」

丁次郎もざぶんと立ちあがり、湯舟の縁に腰掛けた。

「あっしは旦那の読みどおり、江戸へ遊山に来たわけじゃねえんです。くちなわのおかしらに呼びつけられたんでさあ」

「なんだと」

「江戸で一世一代の大仕事をやる。そいつを手伝ってくれと頼まれやしてね。こんな年寄りじゃ役に立つわけがねえと、初手はやんわり断ったんでやすが、どうしても錠前破りが要ると言ってきかねえ。聞けば、使うはずだった錠前破りが浪人者に斬られ、死んじまったらしいんで」

「ちょっと待て、もしや、斬られた野郎ってのは仏壇屋の番頭か」

「さようで。幸吉に錠前破りを仕込んだのは、このあっしなので。曼珠屋惣八も、くちなわの一味でごぜえやすよ」

「まことか」

一連の出来事には、いくつかの偶然が絡んでいた。

駕籠かきの権十も、客である仏壇屋の番頭も、くちなわの一味だった。

番頭の幸吉が権十殺しに巻きこまれて死ななければ、島帰りの丁次郎に声は掛からなかったのだ。

「ふうむ」

勘兵衛は唸り、さきを促した。

「ここ数年で三度の盗みがあったと、旦那は仰いやしたよね。ありゃすべて、幸吉が錠前を破った仕事でやす。あっしにゃ、すぐにそれとわかった。一味はこの江戸で三度の盗みをやり遂げたことに味をしめ、四度目にでけえやまを踏むことにしたんだ」

「狙うさきは」

「まだ教えてもらっちゃおりやせん。でも、あらまし、想像はつきやす」

というのも、くちなわ一味の盗みには共通することがあった。

狙ったさきはいずれも、曼珠屋が仏壇を納めていた商家だった。

「隠し金ってのは、たいてい、仏間にありやしてね」

「仏壇屋が手引き役だったというわけか」

「つぎの狙いはたぶん、お寺さんでやしょう」

「なるほど」

寺は檀家の金を預かっている。大きな寺になると、預かる金額は数万両におよび、堂宇の裏手に豪商なみの土蔵を建てている寺もあった。

仏壇屋ならば、寺への出入りは意のままだ。

「くちなわの連中は存分に稼いだんじゃねえのか。それがまたどうして危ねえ橋を渡りたがる」

「盗人の癖《へき》でやすよ。目のまえにお宝がありゃ、盗らねえわけにゃいかねえ」

それに内情を覗けば、盗みをはたらかねばならぬ理由はあった。くちなわの重蔵は金貸し稼業にも手を染めており、大身旗本への貸し倒れで大損をしていた。一発逆転を狙うには、大きなやまを踏む以外に方法はないというのだ。

「おめえの口から聞きてえんだがな、くちなわの頭目ってのは誰なんだ」

丁次郎は口を噤《つぐ》み、じっと項垂れた。

「言いにくけりゃ、おれが言ってやる。おめえは頷《うなず》くだけでいい」

「へい」

「そいつは、鶴みてえに首の長え野郎なんだろう」

丁次郎は、こっくり頷く。

「達磨屋藤兵衛と鳴門屋伝助も一味だな」

「へい」

「重蔵、藤兵衛、伝助、それに曼珠屋惣八、ほかに仲間は何人いる」

「素姓の知れねえのが、あとふたりおりやす」

「ぜんぶで六人か」

丁次郎は目に涙を溜めて頷いた。

十七年前に捕まったときは、どんな責め苦にも耐えた男が、仲間の正体をあっさり明かしたのだ。

「どうして喋る気になった」

「おはんです」

「おはん、壺振りの」

「へい。おはんはあっしの娘なんで」

「なに」

さすがの勘兵衛も驚いた。

「あっしは双親の顔を知りやせん。育てていただいたお方によれば、からだの弱え女遍路が軒先に捨てていったそうです。切羽詰まってやったことだろうから、母親を恨むんじゃないと、育ての親に諭《さと》されやした。巡礼の捨て子は存外に多いのでごぜえやすよ」

四国の家々には、遍路の接待や幼子を預かる風習がある。

遍路に労《いたわ》りの声を掛け、荷物があるなら持ってやり、家があれば泊めてあげ、温かいものを分けあたえる。軒先に捨て子をみつけても、あたりまえのように預かり、母親が戻ってくるまで世話をする。戻ってこなければ町内で助けあい、一人前になるまで育ててあげる。財は無くとも、笑顔でいることはできる。無財の七施という釈迦の教えを、ひとびとはしっかり守っていた。

「おかげさまで、あっしは命を拾いやした。生かされたことがよかったのかどうかは、よくわかりやせん。旦那、お背中を流させてくだせえ」

勘兵衛は柘榴口を抜け、洗い場に座った。

背中をみせると、丁次郎は指の三本欠けた手で糠袋《ぬかぶくろ》を握り、ごしごしやりはじめた。

垢がぼろぼろ落ちてくる。

「極楽だぜ。丁次郎よ、はなしのつづきを頼まあ」

「へい。あっしは十五で四国を飛びだし、上方で賽師に弟子入りしやした。数年後、親方が亡くなって居場所がなくなり、悪の道にへえったのでごぜえやす」

月日が流れ、錠前破りで名を売っていたころ、くちなわの重蔵と知りあった。

「あっしより十《とお》も若《わけ》え男にしちゃ、地に足がついていやがった」

悪党に変わりはないが、人の上に立つ風格のようなものを備えていたという。

「しかも、四国は伊予《いよ》の生まれで。傘八っていう口入屋の屋号は傘寿《さんじゅ》の傘に八、ばらして足せば八十八になりやす」

四国巡礼を暗示する屋号なのだ。

ふたりは意気投合し、盗みをかさねた。

「荒れた暮らしをつづけ、気づいてみりゃ、四十の手前になっておりやした。足を洗いたくなったあっしは二十数年ぶりで四国へ渡り、何をおもったか、八十八箇所の巡礼に旅立ったのでごぜえやす」

巡礼の終盤で志度にたどりついたとき、寺の門前から泣き声がしているのに気づいた。導かれるように足をはこんでみると、蜜柑《みかん》箱のなかで産着にくるまった赤ん坊が泣いていた。

「女の子でやした。自分がここにいることを誰かに報《しら》せようと、必死に泣いていやがった。あっしはもう、たまらなくなっちまって」

赤ん坊を拾いあげ、育てる決心をしたのだという。

「まさか、その子が」

「おはんでやす。あれはあっしと同じで、哀れな捨て子なんだ」

おはんを自分の娘にしてからは、賽師としてまっとうに生きようとおもった。

しかし、悪党仲間が放っておくはずもない。上方に隠れているところを捜しだされ、盗人稼業に連れもどされた。そして、ついに江戸で捕縛され、島流しになったのだ。

「おはんはたぶん、あっしが捕まったことも知りやせん。今でも、自分は父親に捨てられたとおもっているにちげえねえんだ。あっしに何かあったら娘を頼むと、くちなわのかしらに従前から頼んでありやした。でも、まさか……おはんを壺振りにしちまうとは、夢にもおもわなかった」

「ただの壺振りじゃねえぜ」

「承知しておりやす。島から帰えってきたとき、くちなわの重蔵が妙な綽名で呼ばれているのを耳にしやした」

「それは」

「毒針の重蔵」

「なんだって」

「くちなわの一味は殺しをやらねえ。それが唯一の救いだったはずなのに、おかしらは修羅道に外れちまった。そうして、どうやら、おはんにも毒針の手管を仕込んだらしい……でもね、旦那、あっしにゃ、おかしらを恨む資格はねえ。わりいのは、あっしなんだ。おはんにとってみりゃ、こんな悪党に拾われたのが運の尽きだった」

丁次郎は背中を擦《こす》る手を止め、洟を啜りあげた。

「今から四年前、くちなわ一味は上方のさる大名屋敷の奥向きから一千両をまんまと盗みとったそうです」

その仕掛けで活躍したのは、おはんだった。狙いをつけた平藩士の妻になって屋敷内の徒《かち》長屋に住みこみ、二年ものあいだ、奥向きの配置やら出納の日程などを念入りに調べあげた。

「おはんは子まで産んだそうです。その子が一歳になったとき、金蔵は破られた。おはんは泣く泣く夫と子を捨て、大名屋敷からすがたをくらました」

勘兵衛はいやが上にも、丁次郎のはなしに引きこまれた。

「捨てられた夫と子がどうなっちまったのか、あっしは気になって調べてみたんです。おおかた、おはんは神隠しに遭ったとでもおもわれたんでやしょう。平侍は後添えを貰い、それなりに幸せそうでやした。子供もちゃんと育っていた。もちろん、一歳で生き別れた子に母親の思い出なんぞはねえ。おはんだけが業を背負い、後ろめたいおもいでいるにちげえねえんだ」

「捨て子のおはんが、自分の子を捨てねばならなかったとはな。おめえといい、おはんといい、因果な巡りあわせじゃねえか」

勘兵衛は深々と溜息を吐いた。

自分と綾乃を捨てた静のすがたと、おはんが二重映しになってくる。

「くちなわのおかしらは血も涙もねえ男だ。おはんは人に愛されず、愛し方も知らずに育った。ところが、ひょんなことで所帯をもたされ、愛情ってものを知った。見切りをつけなきゃ夫と子を殺めると脅され、すがたを消すしかなかったのでやしょう。腹を痛めた子と別れるときゃ、身を切られるおもいだったにちげえねえ。あっしは、おはんが不憫でならねえんですよ」

勘兵衛は、子犬を助けたおはんのすがたを思いうかべていた。

けっして、ひとの愛し方を知らずに育ったのではない。おはんは愛情に飢えているだけなのだ。けだもののような孤独を抱え、たったひとりで藻掻《もが》き苦しんでいるのにちがいない。

誰かが手を差しのべてやらねばなるまい。

その役目を果たすことができるのは、丁次郎をおいてほかにいなかった。

おはんは今、自身番に繋がれている。

会ってやれと言いかけ、勘兵衛はことばを呑んだ。

丁次郎にその気はあるまい。悪党どもが始末されないかぎり、娘と邂逅する気にはなれぬだろう。それに、邂逅できたところで、おはんが素直に父親を受けいれるかどうか。その点は勘兵衛にもわからなかった。

「旦那、おはんて名は、あっしが付けやした。あっしとあいつは丁半博打の表と裏、どこまでいっても交わることのねえ運命《さだめ》らしい。へへ、皮肉なはなしじゃござんせんか」

経緯《いきさつ》はどうあれ、おはんはくちなわの重蔵に育てられた。盗みの片棒を担いだうえに、人殺しの疑いもある。常識で考えれば、重罪は免れない。丁次郎は娘の罪を帳消しにするという条件で、みずからの信条を捨て、かつての仲間を売ったのだ。

穴まどいの蛇とおなじだなと、勘兵衛はおもった。

丁次郎は死ぬほど迷ったあげく、訴人になる決心を固めたのだ。

そのおもいに、どうにか酬《むく》いてやりたい。

「丁次郎、後ろをむけ」

「へ」

「おれの番だ、背中を流させてくれや」

勘兵衛は糠袋を握り、にっこり微笑んでみせた。

十

その日の夕刻、鯉四郎は目を醒ました。

粥《かゆ》に口を付けて人心地がつくと、縺《もつ》れた記憶の糸をゆっくりたぐりはじめた。

駕籠かきと浪人者の喧嘩を仲裁したことも、警動で達磨屋藤兵衛を捕縛した一件も、仏壇屋の番頭殺しを調べてゆくなかで曼珠屋惣八から賄賂の申し出があり、これをきっぱり断った経緯なども鮮明に思いだされてきた。

おそらくは「大きなやま」を控えた盗人一味にしてみれば、遮二無二核心に迫ろうとする定廻りは目障りだったにちがいない。

ただ、鯉四郎は刺された瞬間だけは憶えていなかった。

無論、女に刺されたという認識もない。

はたして、おはんがやったのだろうかと、勘兵衛は疑いを抱いた。

「何はともあれ、ひと安心だな」

綾乃の喜ぶ顔が、得難いものに感じられた。

これで心おきなく、くちなわ一味と対峙《たいじ》できる。

夕河岸の喧噪に耳をかたむけながら、芝居町の自身番に戻ってきた。

閂《かんぬき》差しにした大小の柄《つか》に左袖を載せ、身幅の狭い裾を割りながら颯爽《さっそう》と歩む。

臨時廻りは人生経験を積んだ者、江戸の裏事情に精通し、清濁併せ呑む器量を兼ねそなえた者のことをいう。慈悲の安売りはできぬが、罪を犯した手合いでも事情次第では救ってやらねばならぬ。

人が悪に染まるには、それなりの理由がきっとある。

そいつに耳をかたむけるのも、十手持ちの役目じゃねえのか。

勘兵衛は、胸に自問自答を繰りかえす。

欲に溺れた本物の悪党を叩きのめすことが、おのれに課された使命なのだと、あらためて決意せざるを得ない。

丁次郎は今夜までに、一味が仕掛ける狙いさきと刻限を報せると言った。

それと引き換えに、おはんは解きはなちになる。

だが、解きはなってよいものだろうかと、勘兵衛は迷っていた。

重蔵のもとへ戻れば、動向を質《ただ》されよう。勘兵衛の命を狙ったにもかかわらず、解きはなちになったと知れば、訴人をやったのではないかと疑われる。おはんの命が危うい。

無論、おはん自身は百も承知だ。

おそらく、悪党の巣へ戻ろうとはすまい。

が、戻らずに、生きてゆけるのだろうか。

自身番では、銀次が待っていた。

「どうだ、なかの様子は」

「静かなもんです」

「飯は」

「ちゃんと食べておりやすよ。腹を空かした雌猫みてえに」

「何か喋ったか」

「肝心なことは何も」

「よし、手鎖を外してやってくれ」

「へい」

勘兵衛は雪駄を脱ぎ、畳をまたいだ。

腰高障子が開き、女の匂いがただよってくる。

後《おく》れ毛を垂らしたおはんは、膝を斜めにくずしたまま、三白眼に睨みつけてきた。

「恐え顔だな」

銀次がそばに近寄り、手鎖を外した。

「旦那からおはなしがある、神妙にしてな」

「ふん、不浄役人のはなしなんざ聞きたかないよ。早いとこ土壇場に送りな」

おはんは強がりを吐き、赤く腫れた左手首をさする。

右甲に軟膏を塗った布が貼ってあった。

勘兵衛は屈み、にっこり笑ってみせる。

「居心地はどうだ」

「いいわけないだろ」

「外に出てえか」

「あたりまえさ。こんなところに閉じこめられていたら、気が狂っちまうよ」

「もう少しの辛抱だ。自分の命に替えてでも、おめえを救いてえと抜かす物好きな野郎がいてな」

「え」

「驚いたか」

「旦那、冗談は顔だけにしてくださいな。いったい、あたしから何を聞きだそうってんです」

「別に聞きてえはなしはねえ。おめえはただ、待ってりゃいいのさ」

おはんはじっと考えたあげく、鳶《とび》色の瞳を怒らせた。

「旦那、袖の下を貰ったね。そうなんだろ、あたしをあいつらに売ったんだろ」

「あいつらってのは、くちなわの連中か。頭目の名は重蔵だったな」

おはんは口を引きむすび、むっつり黙りこんだ。

「ふふ、とっつあんにそっくりだなあ、おめえは」

「え」

「おめえのとっつあんは、何を聞いても応えちゃくれなかった。拷問蔵の責め役が手を焼かされてなあ。鞭で打たれて背中の皮が裂けても、伊豆石を抱かされて膝頭が砕けても、爪を一枚一枚剝がされ、賽師にとっちゃ命にも替えがてえ指を三本まで落とされても、おめえのとっつあんは仲間の素姓を吐かなかった。とどのつまりは八丈島送りさ」

「あんた、何を喋ってんだい」

「十七年前のはなしだよ。おめえのとっつあんは、右に出る者はいねえと言われたほどの錠前破りでな。くちなわの重蔵に担がれ、豪商の金蔵をつぎからつぎへと破っていったのさ。ところが、このお江戸でたったいちどだけ失敗った。縄を打ったのはこのおれだ。とっつあんにゃ、そんとき、五つになる娘がいた。流人船は永代橋の東詰めから出る。桟橋に娘を連れてこようかと訊いたら、やつは悲しげに笑って応えた。娘にゃ盗人だったと知られたくねえ、だから、死んだことにしてほしいとな。おりゃそいつを伝えるために、おめえを捜した。何ヶ月も捜したが、とうとうみつからなかった」

　おはんは眸子を剝き、顎を震わせる。

「嘘だ。おとっつあんはあたしを捨て、どこかに消えちまったんだ」

「そいつは、重蔵のつくりばなしさ。おめえのとっつあんは戻される見込みもねえ島で、娘のことをおもいつづけた。あの野郎、桟橋で涙まで流してな、おめえと生き別れになることだけが辛《つれ》えと本音を吐きやがった」

「う……嘘だ。そんなこと、あるわけがない」

「信じる信じねえは、おめえの勝手だ。ただし、おれはとっつあんと約束した。仲間を売るのと引き換えに、おめえを解きはなちにしてやるとな」

　おはんは項垂れ、じっと床をみつめている。

「三一の丁次郎、その名を忘れたとは言わせねえ。とっつあんの顔も憶えているはずだ」

「忘れちまったよ」

　おはんは、蚊の泣くような声で応じる。

「とっつあんは十六年もの島暮らしに耐え、罪を償ってきたんだ。むかしの仲間と縁を切り、おめえと生まれ故郷に帰《け》えりてえのさ」

　おはんは顔をあげ、遠い目をしてみせた。

四国巡礼の光景を浮かべているのかもしれない。

「妙だね……いちどだって巡礼したことがないのに、何で憶えているんだろう」

「とっつあんに聞いてみな。いつかふたりで巡ってみることだ。とっつあんは足が意のままにならねえから、おめえが金剛杖《こんごうづえ》になってやるといい」

「会えるのかい」

「おめえが望めば、きっと会えるさ」

「ほんとうかい。旦那、信じていいんだね」

勘兵衛は涙目をむけられ、うっかり頷いてしまった。

丁次郎の身柄は悪党の掌中にある。裏切りを勘づかれたら、命を消される運命が待っているのだ。

「もう少しの辛抱だ」

勘兵衛はおはんの肩を軽く叩き、腰高障子を後ろ手に閉めた。

疾《と》うに陽は落ち、外はいつのまにか、薄暗くなっている。

「茶でも淹《い》れやしょう」

銀次がしんみりとこぼす。

そのとき、表の障子が破れ、白いかたまりが三和土《たたき》に転がりこんだ。

「こ、この野郎」

銀次は破れた障子を引きあけ、外へ飛びだしてゆく。

勘兵衛は裸足で三和土に降り、白いかたまりを拾いあげた。

何のことはない、礫《つぶて》を紙で包んである。

紙をひろげると、賽子がひとつ落ちた。

「丁次郎か」

銀次が戻ってくる。

「くそっ、誰もいやがらねえ」

紙には走り書きが記されてあった。

――愛宕下天徳寺、明晩子《ね》ノ刻。

やはり、丁次郎からの報せだ。

「旦那」

背後の腰高障子が開き、おはんが顔を出す。

「旦那、報せが来たのかい」

「ああ」

「それは」

「とっつあんの賽子さ」

「みせておくれ」

「ほらよ」

勘兵衛の抛った賽子を、おはんは左手で受けとった。

「良い賽子だ、これは鹿の角だね」

長い指で摘《つま》み、行燈の灯に透かして眺め、床に転がしてみせる。

「旦那、曲賽《くせさい》だよ」

「なに」

「餅入りと言ってね、素人目にはわからないが、鉛を仕込んであるのさ」

おはんはうそぶき、懐中から賽子をふたつ取りだした。

「ほら、これが餅入りの曲賽だ。これだけ精巧な品をつくることができる賽師は、あたしが知るかぎり、たったひとりしかいない」

「とっつあんか」

「そうさ」

「妙だな」

勘兵衛は眉根を寄せた。

「すがたもみせず、礫に包んだ文を投げてよこすたあ、丁次郎らしくねえ」

銀次が賽子を拾った。

「旦那、こいつは曲賽だ。客を騙《だま》すための賽子でやす。ひょっとしたら、罠《わな》かもしれやせんぜ」

丁次郎の裏切りに勘づいた敵が、裏を掻こうとしている。

そのことを、曲賽が図らずも報せてくれたのかもしれない。

確証がないだけに、捕り方を手配するかどうか迷うところだ。

それよりも、丁次郎の安否が気に掛かる。

おはんが膝を滑らせた。

「旦那、あたしが探ってみようか。一味の狙うさきは教えられていないけど、重蔵に会って聞きだすことはできるかもしれない」

「だめだ、おめえはしばらく身を隠してな」

「どこに身を隠せっていうんだい」

「柳橋に、おかめという船宿がある。主人夫婦はおれの息がかかった連中だ。そこに二、三日隠れてろ。銀次、送ってやれ」

「へい」

おはんには気づかれぬよう、勘兵衛は銀次に目配せする。

少なくとも、明晩の始末がつくまでは目を離すことはできない。

勘兵衛は小者たちにも協力させ、おはんを見張らせるつもりだった。

「旦那、ひとことだけいいかい」

「何だ」

「あたしゃ、やっぱり、十手持ちを信用できない。だから、旦那のことも、まるっきり信用するわけにゃいかないんだ。それだけは、肝に銘じておいてくださいな」

「ああ、わかったよ」

勘兵衛は、おはんの背中を見送った。

曲賽を拾い、床に転がしてみる。

「さあて、乞目が出るかどうか」

勝負のときは近づいている。

十一

翌日の正午ごろ、勘兵衛は数寄屋橋の南町奉行所に呼びだされた。

黒渋塗りの長屋門を面前にして襟を正し、青板の敷石を踏みしめながら玄関の式台へむかう。那智黒の玉砂利が陽光を反射するさまを眺めつつ、はて、どうしたものかと、考えあぐねていた。

待っている相手は筆頭与力、伴野左近である。

町奉行所内のことは隅々まで知りつくした古参与力で、廻り方の同心風情が喋りかけることもできない相手だった。

達磨屋藤兵衛との繋がりから推せば、良からぬ相談であろうことは想像できた。

こちらの出方次第では、その場で御役御免を申しわたされることも、あり得ないはなしではない。

筆頭与力の控え部屋は玄関の右手奥、白洲と反対の北端にあった。

長い廊下を渡ってゆくと、指定された座敷の襖《ふすま》は閉まっていた。

廊下にかしこまり、心を落ちつかせる。

「長尾勘兵衛、ただ今、まかりこしました」

「はいれ」

重厚な声に応じ、勘兵衛は襖を開いた。

殺風景な部屋の中央に、裃《かみしも》を纏った厳めしい与力が座っている。

伴野左近だ。肥えている。墨染めの髪をてからせ、威しあげるように、どんぐり眸子を剝いてみせる。

「襖を閉めて近う寄れ」

「は」

勘兵衛は言われたとおり、小太りの身を縮めて近づいた。

伴野の正面に座り、平蜘蛛《ひらぐも》と化してお辞儀をする。

「固苦しい挨拶は抜きじゃ、顔をみせい」

「は」

くいっと、顎をあげた。

伴野は身を乗りだし、じっと覗きこむ。

「おぬし、うぽっぽと呼ばれておるそうじゃな」

「は、歩きまわるしか能のない男にございます」

「出世は望まぬのか」

「この年で望んでも詮無きこと」

「されば、金は。金ならば欲しかろう」

「余分な金は要りませぬ。かえって、邪魔になります」

「ふん、欲のないことを申す。廻り方をやって何年になる」

「三十三年目にござります」

「えらく長いな。手柄らしい手柄をあげたこともないと聞いたが、まことか」

「は、情けないはなしで」

「しかも、袖の下をいっさい受けとらぬとか」

「それは先代からの遺言、いわば、長尾家の家訓にござります」

「家訓とは申せ、袖の下のひとつも受けとれぬようでは、かえって器量が疑われよう。だいいち、同心の給金だけでは御用聞きのひとりも動かせまい。おぬしが昼行灯だの、うぽっぽだのと呼ばれる所以《ゆえん》はそこにある。小器用に立ちまわらねば、捕り方なぞはつとまるまいに。同心部屋では、変わり者でとおっておるようじゃの」

「はて、それはほかの方々がお感じになることで」

「ふふ、そのとおり。他人の評価なぞ、わしも当てにはせぬ。わしには人を見抜く眼力があっての。長尾勘兵衛という男の器量を、この目で見極めたいとおもうた。それで、今日はわざわざ足労してもらったのよ。されば、本題にはいろう」

　伴野は背筋を伸ばし、白扇でとんと膝を打った。

「今朝ほど、とある者が由々しき報せをもたらした。くちなわ一味に関わる内容じゃ。今晩子ノ刻、一味は大きなやまを踏むらしい。ところが、肝心の狙いさきがわからぬ」

「なにゆえ、拙者にお尋ねなされます」

「そやつがの、おぬしに聞けと申すのよ」

「そやつとは」

「わしが手《て》懐《なず》けておる間諜さ」

「ほう」

「間諜が申すには、おぬしは女狐を一匹捕らえたそうな。女狐はくちなわの重蔵が娘、よって、おぬしは娘の口から敵の狙いさきを聞きだしたに相違ないと抜かす。眉唾《まゆつば》なはなしとはおもうたが、ちと気になってな」

勘兵衛は、伴野の本心をはかりかねた。

重蔵と通じていれば、狙いさきは承知しているはずだ。

にもかかわらず、敢えて、そのことを質す意図は何か。

ここはひとつ、乗ってみるしかあるまい。

「申しあげます。愛宕下、天徳寺にございます」

「さようか。おぬし、それを誰かに喋ったか」

「いいえ」

「なぜ、早急に動かぬ。なにゆえ、捕り方の手配をせぬのじゃ」

伴野は怒気をふくんだ声で言う。まるで、勘兵衛からの手配要請を心待ちにしていたかのようだ。

妙だな。

内心で首をひねりつつも、勘兵衛は力強く応じた。

「今ひとつ、合点がいきませぬ」

「と、言うと」

「曼珠屋なる仏壇屋も、くちなわの一味に相違ござりませぬ。仏壇屋は引きこみ役を任されており、金蔵を荒らされた商家はことごとく曼珠屋の得意先にござりました」

「なるほど」

「得意先のなかには寺もござります。秘かに調べましたところ、天徳寺は曼珠屋との関わりがござりませぬ。ゆえに、偽りではないかと」

「ふふん、なかなか行きとどいた調べではないか。敵の魂胆はわがほうの目を愛宕下にむけさせることか」

「おそらくは」

「ふうむ。おぬしの申すとおりだとしても、同時刻に動く公算は大きいな」

「はい」

「当てはあるのか」

　ぱんと、伴野は白扇で膝を叩く。

「いいえ」

　勘兵衛は首を左右に振った。

「困ったのう。されば、重蔵の娘を責めるか」

「おことばながら、昨晩、解きはなちにいたしました」

「なにっ」

「泳がせてござります」

「今、どこにおる」

「なにゆえ、それを」

「聞いてはならぬのか」

「いいえ」

　勘兵衛には合点がいった。

　敵の狙いは、おはんなのだ。

　おはんを捕らえるべく、くちなわの重蔵は伴野左近に大金を払った。

丁次郎が絡んでいるのかもしれない。やはり、裏切りがあきらかになったのだ。

それでも、大きなやまを踏むには、丁次郎の腕がどうしても要る。無理にでも錠前破りをやらせるには、娘の命を盾に取るしかない。ゆえに、重蔵はおはんの身柄を押さえたい。

おおかた、そんなところだろう。

いずれにしろ、筆頭与力ともあろう者が悪党の片棒を担いでいる。

許せねえな。

はらわたが、煮えくりかえった。

一方、伴野は苛立ちを隠せない。

「長尾、娘の居所を教えよ」

本音が出た。

勘兵衛が黙りこむと、伴野はぶっと手鼻をかんだ。

「出世も望まず、金に興味もない。さすれば、おぬしの望みは何じゃ」

「強いて申しあげれば、平穏な暮らしになりましょうか」

「無欲な凡人ほど扱いにくいものはないのう。されどな、わるいようにはせぬ。長尾、わしの手下になれ」

「それは毒水を啜れ、という意味にござるか」

「なに」

「啜れと仰るなら、啜りましょう。ただし、条件がござる」

「ようし、言うてみろ」

「分け前として、五百両頂戴したい」

予想外の返答に、伴野は啞然《あぜん》とする。

すぐさま我に返り、どははと嗤《わら》った。

「やはり、金が欲しいのではないか。ふん、人間の欲はかぎりのないもの。棺桶に片足を突っこんでも銭勘定をしたいものよ」

「拙者、悠々自適の隠居暮らしを夢見ておりました。重蔵の娘は一味が盗み働きを終えたあとで、お引きわたしいたします。五百両と交換ということで」

「ふん、慎重な男だ」

「慎重でなければ、首がいくつあっても足りませぬ」

「よかろう。それで、はなしをつけておく」

「今ひとつ、お尋ねしたいことが」

「何じゃ」

「一味が真に狙うさきを、伴野さまはご存じのはず。それを、お教え願えませぬか」

「聞いてどうする」

「くちなわ一味は、拙者が唯一の手柄を取りこぼした相手。頭目である重蔵の顔を今いちど、とっくり拝んでみたいとおもいまして」

「おぬしひとりで行くがいい。捕り方はすべて、わしが引きつれて天徳寺へむかう。天徳寺は、おぬしの口から漏れた名じゃ。の、そうであろうが。わしはひとことも喋っておらぬぞ。あとで陽動に使われたと判明いたせば、天徳寺の名を漏らしたおぬしも、ただでは済むまい」

「御役御免にござりまするか」

「まずは、そうなろうな」

「かまいませぬ。五百両さえ頂戴できれば」

「気を付けるがよいぞ。重蔵は危ない男じゃ。ただの盗人ではない。なにせ、毒針の異名をもつ殺し屋じゃからのう」

「伴野さまのお口添えがあれば、いかようにもなりましょう。どうぞ、お手柔らかに」

「ふほっ、おぬしもかなりの悪党よのう」

　わずかな沈黙ののち、伴野左近は重い口をひらいた。

「一味の狙いは、王子の紅葉寺じゃ」

「紅葉寺、瀧河山《りゅうがさん》金剛寺でござりまするか」

「さよう、不動明王を祀《まつ》った本堂に、金蔵に通じる隠し扉があるそうじゃ」

時刻はきっかり子ノ刻、勘兵衛が心変わりをみせ、十手を振るったところで、臨時廻りの老い耄《ぼ》れひとりでは何もできまい。と、伴野は高をくくっているようだった。

十二

夕刻、勘兵衛は旅支度を整え、一路、王子をめざした。

中山道《なかせんどう》をたどって板橋宿の手前までが約二里、間道へ折れたところにはすっかり陽も暮れていた。

淋しい一本道が薄闇の彼方《かなた》へ通じている。

岩屋弁天に繋がるので、弁天道とも称する道らしい。

周囲を眺めまわしても、巣鴨村の暗い田圃がひろがっているだけだ。

ふたたび、この弁天道に戻ることができるのかどうか。

今度ばかりは、死を覚悟している。

くちなわ一味は、ひとりで立ちむかうには難敵だ。

奉行の根岸肥前守からは秘かに目を掛けてもらっており、厄介事の相談もできなくはなかった。が、相談すれば、丁次郎の役割もつまびらかにせざるを得ない。仲間を売って罪一等を減じられるにしても、島帰りであることが重くみられ、厳罰に処される公算は大きかった。

それだけは、何としてでも避けたい。十六年も島送りになっていた男を、ふたたび島へ戻すのはしのびなかった。

たったひとりで解決しようと、勘兵衛は意固地になっている。

おはんの身が心配で、銀次にすら行く先を告げてこなかった。

寝所に遺書めいた置き文をのこしてきたが、綾乃は気づいてくれただろうか。

文を読めば、丁次郎との関わりや、筆頭同心の伴野左近が悪事に加担している経緯などは判然とする。ただし、行き先は明記せず、末尾に「助太刀無用」とだけ記した。悩んだすえに添えた一文であったが、かえって未練がましさを滲《にじ》ませてしまったかもしれぬ。

文など書かねばよかったと後悔しながら、金剛寺の山門までたどりついた。

寺領は鬱蒼《うっそう》とした喬木《きょうぼく》に覆われ、背後には音無川が滔々《とうとう》と流れている。

音無川を渡れば王子権現はすぐそこ、日中であれば紅葉した飛鳥山や筑波山の稜線も遠望することはできよう。

金剛寺は弘法大師によって開基された。源頼朝《みなもとのよりとも》がこの地に陣を敷き、地蔵尊を祀って息災延命を祈ったという伝説もある。八代将軍吉宗《よしむね》の命により、何本もの楓が植樹され、爾来《じらい》、紅葉寺と呼ばれるようになった。

今の時季は遊山客で賑わっているはずだが、闇の帳《とばり》が降りれば深閑としたものだ。

子ノ刻までは、たっぷり時がある。

山門を潜ると、厳かな読経が聞こえてきた。

宿坊で住職への案内を請うと、しばらく待たされ、本堂へ通された。

気づいてみれば、読経は歇《や》んでいる。

香が焚《た》かれ、伽藍《がらん》の隅に座しているだけで夢幻の境地へと導かれた。

護摩壇を仰げば、黄金の仏像たちが睨みつけてくる。

御本尊の不動明王は厨子《ずし》に納められているものの、畏怖すべき気配はそばにあった。

心静かに座禅を組んでいると、罪深い者たちを救う慈悲の念が自然と生まれてくるようだ。

「長尾勘兵衛どの、お待たせ申しあげました」

袈裟衣を纏った高僧が、一礼してから歩みよってきた。

「ご住職であられますか」

「いかにも」

「ちと、ご相談いたしたきことが」

「何でしょうな」

「今晩、盗人があらわれるやもしれませぬ」

「ほう、それはそれは」

「戯《ざ》れ事ではござらぬ。御寺では檀家の蓄え金を預かっておられましょう。盗人の狙いはそれです」

「なるほど」

「さして、驚かれませぬな」

「盗みには何度か遭っております。しかしながら、いずれの賊も御本尊の御威光に畏れをなし、尻尾を巻いて逃げました。こたびも、かならずや、御本尊の御加護がござりましょう」

「ご住職、相手はこそ泥ではない。くちなわと申す兇悪な輩、神仏を屁ともおもわぬ連中ですぞ」

「案ずるにはおよびませぬ。金蔵に通じる隠し扉は石臼のごとき重い扉、名うての錠前破りでも悲鳴をあげる二重錠が施されております。いかな、くちなわ一味とて、歯が立つものではござらぬ。それにこうして、長尾どのに馳せさんじていただいた。お仲間のみなさまも、そろそろ、ご到着なされるのでしょう」

「いいえ、防《ふせぎ》の捕り方は拙者ひとりにござります」

「はて、仰ることがわからぬが」

「理解し難きこととは存じますが、町奉行所の捕り方どもは愛宕下の天徳寺へ参集いたします」

「愛宕下、それはまた遠い」

「天徳寺に目をむけさせるのは敵の策、本命は金剛寺にござります」

「それがわかっていながら、なにゆえ、長尾どのおひとりにて参られた」

「指揮を執る者のなかに、内通者がおります」

「なんと」

「情けないはなしですが、それを証し立てする手だてもなく、こうしてまかりこした次第、ご住職には拙者を信じていただくしかないのです」

住職は黙り、じっと目を覗きこんでくる。

そして、おもむろに口をひらいた。

「不思議なものよ。白毫《びゃくごう》のごとき黒子のためか、長尾どののお顔が御仏の尊顔にみえた。ご信じ申しあげましょう、貴殿の瞳には一点の曇りもない」

「もったいないおことばです」

「されど、ふうむ、いかがいたそう。盗人の真意が判然といたさぬかぎり、あたら人を動かすことはためらわれまする。宿坊で寝起きする者たちに刃物をもたせるわけにもまいらぬし」

「今から申しあげるとおりにしていただけませぬか」

「はて、何をいたせば」

「まず、金蔵を空にしていただきたい」

「それは難題じゃ。なにせ、金蔵にはうん万両におよぶお預かり金がござる。これをすべてほかへ移すには、ひと晩ではとうてい足りぬ」

「さようですか」

予想を遥かに超える金額だった。お宝が容易に移せぬことを見込み、重蔵は狙いをつけたのだ。

「されば、拙者を金蔵に案内していただけませぬか」

「どうなさるおつもりです」

「不動明王の御加護を借り、敵の目論見《もくろみ》を阻んでみせましょう」

「われわれは、どういたせば」

「拙者を金蔵に閉じこめ、二重錠を掛けてくだされ。朝まで何もなければ、拙者を救いだしていただきたい」

「盗人が金蔵に侵入したら」

「拙者にお任せを。下手に加勢なされば、死人が出るやもしれません」

「困ったのう」

「それともうひとつ、御堂が血で穢《けが》されるかもしれませぬ。御容赦くだされ」

「益々、困った。盗人が来てくれぬことを祈るのみじゃ」

「なにとぞ、よしなに」

勘兵衛が頭をさげると、住職は重い溜息を吐いた。

今さら、じたばたしてもはじまらない。

賽は投げられた。

十三

子ノ刻、しんと静まりかえった伽藍に、黒い影が降りたった。

ひとつ、ふたつ……影はぜんぶで五つ、本堂の表にも見張りの影がふたつある。

いずれも柿色装束に身を包んだ盗人だ。

先頭の男は鶴のように首が長く、二番目の男は足を引きずっている。

頭目の重蔵と三一の丁次郎だろう。

三番目と四番目のふたりは固太りで、しんがりの男は雲をつくような大男、名をあげれば曼珠屋惣八、達磨屋藤兵衛、鳴門屋伝助といった面々が雁首《がんくび》を揃えている。

一味は惣八の手引きで護摩壇の裏に忍び、苦もなく隠し扉を探しあてた。

丁次郎が重蔵に首根っこをつかまれ、扉のそばに連れてこられる。

「早くしろ」

囁き声は、蔵のなかまで聞こえてこない。

勘兵衛は尋常ならざる気配を察し、燈明を吹きけした。

わずかな光さえあれば夜目も利くが、蔵のなかは真っ暗で、眸子を瞑《つむ》っているのといっしょだ。

それでも、部屋のつくりや物の配置は把握できていた。

石の扉を開けたら、石段を五段ほど降りねば地べたには降りたてない。

床下に掘られた部屋の広さは十畳大で、天井はおもったより高かった。

抜け裏はなく、檀家からの預かり金はいくつもの木箱に分けて保管されていた。銭や小粒は貯まれば小判に交換され、小判の詰まった三百両入りの箱や五百両入りの箱が部屋の隅に山と積まれている。おそらく、一味が目を付けるのはそれであろう。

「来てみやがれ」

勘兵衛は物陰に潜み、ぼそっとつぶやいた。

ちょっとした罠を仕掛け、抜き身の大刀も石段の脇に刺しておいた。

見張りを除けば敵は四、五人、暗闇を味方にすれば片づけられぬ数ではない。

ただし、丁次郎を無事に逃がすことがすべての前提となる。

勘兵衛は腰に脇差を差し、右手に朱房の十手を握った。

住職自慢の二重錠は難なく破られるにちがいない。

「よし」

鎖鉢巻きを締め、柿色の襷《たすき》を掛ける。

ぎっと、石の扉が開いた。

予想どおり、来やがった。

黒い影がひとつ、するりと侵入してくる。

先導役は仏壇屋、勘兵衛の知らぬ相手だ。

仏壇屋は手燭を壁に掛け、蔵内を照らしだす。

鶴首の重蔵があらわれ、丁次郎がつづいた。

石段の下には達磨屋藤兵衛、石扉のそばには大男の鳴門屋伝助が睨みを利かせるように控えている。

全員、覆面を顎のしたに引きさげた。

「やれ」

重蔵の指示が飛び、仏壇屋が五百両箱に手を掛けた。

これを丁次郎が受けとり、後ろで待つ達磨屋に手渡す。

そして、達磨屋は石段のうえで待つ駕籠屋に手渡した。

淀みなく流れる作業を、重蔵は悠然と眺めている。

「お茶の子さいさい、屁の河童だぜ」

達磨屋が軽口を叩いた。

そのとき。

「ぬぎゃっ」

仏壇屋が悲鳴をあげた。

右手甲に鋭利な鉄の爪が食いこんでいる。

兎を狩る仕掛け罠だ。

すかさず、勘兵衛が躍りだす。

「ふわあ……っ」

脇差を抜き、重蔵の臑に斬りつけた。

「うぐっ」

骨に達するほどの金瘡《きず》を負いつつも、重蔵は横飛びに跳ねる。

「いや……っ」

一閃、勘兵衛は手燭の灯を消した。

蔵内は暗転する。

「くそっ、逃げろ」

叫んだ男の背中に、脇差を投げつけた。

どさっと石段に落ちたのは、達磨屋藤兵衛だ。

「い、痛え……お、おかしら、助けてくれ」

仕掛け罠に掛かった仏壇屋が泣き叫んでいる。

手負いの重蔵はその声を振りきり、蔵の外へ逃げてゆく。

丁次郎はといえば、暗闇のなかで呆然《ぼうぜん》と立ちつくしていた。

「爺っ、どきゃがれ」

手燭を壁に突きたて、伝助の巨体が石段を駆けおりてきた。

勘兵衛も低い姿勢で駆けより、大男の脇を擦りぬけた。

「食らえ」

丸太のような腕が飛んでくる。

「ぐふっ」

頬桁《ほおげた》を撲《なぐ》られ、側面の壁に叩きつけられた。

口中に血が滲みだし、頭は真っ白になる。

「旦那、うぽっぽの旦那」

丁次郎が叫んだ。

覚醒した瞬間、伝助の蹴りが襲ってきた。

これを鼻先で躱し、背帯を探る。

十手がない。

伝助の足許に転がっている。

「死に損ないめ、叩きころしてやる」

勘兵衛は地べたを転がった。

「逃げても無駄だぜ、ぬおっ」

伝助は小判の詰まった木箱をもちあげる。

勘兵衛は必死に手を伸ばし、石段の脇に刺さった刀の柄を探りあてた。

「死ね」

伝助が木箱を頭上に掲げた。

一瞬早く、勘兵衛は手に握った本身を突きあげた。

「ぬひぇっ」

鋭利な先端は分厚い腹の肉を貫き、背中まで突きぬけた。

「ぐほおお」

伝助は木箱を抱えたまま、海老《えび》反《ぞ》りに倒れてゆく。

「丁次郎、早く来い」

「へい」

濛々と粉塵《ふんじん》が舞うなか、勘兵衛は石段を駆けあがった。

丁次郎は足を引きずり、少し遅れてしまう。

「くそっ」

重蔵だけは逃すことができない。

ここで逃したら、十七年前と同じだ。

是が非でも借りを返してやりたかった。

かなりの深手を負わせたはずだが、伽藍に人気《ひとけ》はない。

逃したか。

「うりゃ……っ」

刹那、境内のほうから凄まじい気合いが聞こえてきた。

「あの声は、まさか」

勘兵衛は喜々として、伽藍の廊下から外へ躍りだした。

広い境内を駆けぬけ、石灯籠の灯る参道へやってくる。

宿坊から、得物を手にした僧たちが集まっていた。

輪の中心では、三人の悪党が捕らえられている。

ふたりはくちなわ一味の見張り役だ。そして、後ろ手に縛られた恰好で甃《いしだたみ》に頬を擦りつけているのは、くちなわの重蔵にほかならない。

「長尾さま、お怪我はありませぬか」

長尺刀を提《さ》げた鯉四郎が立っている。

病みあがりにしては、しっかりした物腰だ。

背後には銀次と、なぜか、おはんも控えている。

勘兵衛は鎖鉢巻きを取るのも忘れ、輪の中心に近づいた。

「鯉四郎、どうして、ここがわかった」

「筆頭与力の伴野左近めが長尾さまを亡きものにすべく、討手をふたり放ったのです。その者たちを追ってまいったところ、紅葉寺へ導かれました」

「討手はどうした」

「あれに」

鯉四郎は輪の外を指差した。

大きな楓の根元に、月代頭の同心ふたりが縛りつけられている。

いずれも伴野左近の子飼いで、評判のよくない連中だった。

ふたりのそばには住職が佇み、経を唱えていた。

「伴野のやつ、墓穴を掘ったんでやすよ」

銀次が、さも嬉しそうに笑う。

伴野の動きを張っていたのだ。

「旦那は、おはんから目を離すなと仰った。しょうがねえから、連れてきちまったんですよ」

おはんは、深々とお辞儀をしてみせた。

表情が冴えないのは、すぐそばに重蔵が這いつくばっているからだ。

僧たちのつくる人垣のなかから、小柄な丁次郎が押しだされてきた。

口を真一文字に結び、足を引きずりながら近寄ってくる。

そして、勘兵衛の手前で膝を折り、土下座をしてみせた。

「も、申し訳ごぜえやせん。旦那はあっしなんぞのために、命を張ってくだすった」

「おめえのためじゃねえ。手柄をあげたかっただけさ」

「旦那、どうかお縄を、お願えしやす」

丁次郎は両膝をついて項垂れ、両手を差しだす。

「何のまねだ」

「捕めえておくんなせえ、あっしはくちなわの一味だ。石扉の二重錠を破った正真正銘の盗人なんでやすよ」

「娘のめえで、みっともねえまねはするな」

「え」

丁次郎はこのときになってはじめて、おはんが来ていることに気づいた。

「お、おめえ」

おはんは身じろぎもせず、石地蔵のように立ちつくしている。

一筋の涙が零《こぼ》れ、陶器のような白い頬を伝った。

何も心配することはない。

すでに、心と心はかよいあっている。

「すまねえ、おはん」

丁次郎にしてみれば、長い辛苦の年月が報われた瞬間だった。

十四

翌日の正午ごろ、勘兵衛は奉行の根岸肥前守から呼びだされた。

南町奉行所の黒い門を潜ると、見知った小者どもが待ちかまえており、大小を抜きとられたうえに、早縄を掛けられた。

まるで、罪人扱いである。

わけもわからずに引ったてられ、白練塀も目に眩しい砂利敷きの白洲に座らされた。

本来なら正面座敷に公用人と目安方、左右には蹲《つくば》い同心が厳めしげに控えているはずだが、いずれもおらず、鬼与力の異名をもつ門倉角左衛門《かどくらかくざえもん》だけが、ぽつねんと廊《ほそどの》に座っている。

吟味方与力の門倉は、外見こそ仁王のように恐ろしげで口調も突《つ》っ慳貪《けんどん》だが、与力のなかでは唯一、勘兵衛の意見に耳を貸してくれる人物だった。根岸秘蔵の内与力でもあったが、有能なので吟味方へまわされた。用人あがりの遣り手与力だけに、奉行所内では敵も多い。

門倉は貝のように沈黙しているので、声も掛けられない。

やがて、奥の襖が開き、裃姿の根岸肥前守があらわれた。

墨染めの髪は海苔《のり》を貼ったように黒々としており、眼差しは涼しげだ。

頬や顎に肉襞《にくひだ》が垂れているということもなく、引きしまっている。目尻や唇もとの皺は人生の年輪を感じさせるものの、とても六十九の老人にはみえない。裸になればわかることだが、筋骨は隆々としており、背中に憤怒《ふんぬ》の烏枢沙摩《うすさま》明王を彫っている。おもいだしたように福之湯へ顔を出すので、正体を知らぬ銀次やおしまは「薊《あざみ》の隠居」と呼んでいた。

奉行在位九年目、根岸は御家人から江戸町奉行まで昇りつめた苦労人でもある。

勘兵衛は器量を買われており、秘かに目を掛けられていた。文字どおり、福之湯では裸の付きあいをしてきただけに、白洲で対峙するのは妙な気分だ。

座敷には書役《かきやく》同心がひとりと小者しかおらず、裁きの体をなしていない。

勘兵衛は後ろ手に縛られたまま、頭を垂れた。

根岸は凛然《りんぜん》と発してみせる。

「ただいまより、くちなわ一味の捕縛に関わる審問をとりおこなう。白洲に控えし者、おもてをあげよ」

勘兵衛が顔をあげると、根岸はかたわらの小者に顎をしゃくった。

小者はすがたを消し、隣部屋から裃姿の与力を連れてくる。

伴野左近であった。

迷惑そうな顔で下座に控えた途端、堰《せき》を切ったように喋りだす。

「御奉行、これはどうしたことでしょう」

「ん、これとは」

「物事には段取りというものがござりまする。まずは罪人と疑わしき者を捕らえ、小伝馬町の牢屋敷へ送り、しかるべき吟味を経たのち、白洲へ引ったてねばなりませぬ」

「なるほど、一理ある。さすが、この道うん十年の筆頭与力どの。この肥前、教えられることが多い」

「そこまでおわかりなら、このような茶番はおやめくだされ」

「茶番とな」

「いかにも」

「おぬしの願いを汲み、わざわざ裁きの場を設けたのじゃ。おぬし、朝一番でわしの御用部屋へまかりこし、長尾勘兵衛の由々しき罪状を述べたてたであろうが。いまいちど、述べてみるか」

「はあ」

「早うせい」

「は、ここに控える臨時廻りめは、従前より盗人一味と通じておりました。それがために昨夜、われわれは裏を掻かれ、愛宕下の天徳寺へ誘われたのでござります」

「されど、一味を捕らえたであろうが」

「それは拙者の手の者の手柄。であったにもかかわらず、長尾めは自分が手柄をあげたかのようにみせかけました。それは一味の頭目である重蔵を逃すためにござりまする」

「つまり、昨夜捕らえた頭目は偽者じゃと申すのだな」

「いかにも、本物の重蔵は壺振りの娘ともども、いずこかへ行方をくらましました」

「事実なら由々しきことじゃ。それに控える長尾とやらに確かめてみねばなるまい」

「御奉行みずから、お確かめになられまするか」

「そのほうが手間は省けよう」

「お待ちを。おそらく、長尾めは苦しまぎれの言い訳をいたすでしょう。そのときはどうなされます。筆頭与力の拙者と、臨時廻りの同心づれと、御奉行はどちらをご信じなさるのか」

「わしが信じるのは真実のみ」

根岸はしゅっと襟を整え、白洲にむきなおった。

「長尾勘兵衛、弁明いたしたきことは」

「ござりませぬ」

「ほう、なにゆえ弁明せぬ。伴野の申し立てが事実ならば、死罪は免れまいぞ」

「されば、座右の銘をひとつ」

「申すがよい」

「天網《てんもう》恢々《かいかい》疎《そ》にして漏らさず」

天道は厳正で、悪事にはかならず酬いがくる。

勘兵衛は根岸の自邸に招かれた際、床の間の軸に大書されていた教訓を口にした。

「老子か」

根岸は襟元を弛《ゆる》め、べらんめえな調子で喋りかけてくる。

「よう、うぽっぽ、おめえ、王子まで紅葉狩りに行ったわけじゃねえんだろう。逃した野郎ってのは誰なんだ」

「十六年ものあいだ、八丈島に送られていた男でございます」

「恩赦で帰えってきたのか」

「はい」

「ひょっとして、三一の丁次郎って野郎のことかい」

「は、さようですが」

「今朝方、おめえを訪ねて奉行所へやってきたぜ。自分は長尾勘兵衛に命じられ、くちなわ一味を売った。訴人をやった礼を貰えるはずだなぞと、ふざけたことを抜かしてな。ありゃ、どうみても頭目の器じゃねえ。ただの小悪党だぜ」

聞き耳を立てる伴野左近の顔が、ひきつってくる。

根岸は、ぎろりと眸子を剝いた。

「伴野、腑抜けたことを抜かしてんじゃねえぞ」

「お、御奉行、何を仰います。南町奉行所につとめて三十有余年、拙者は誰よりも忠義に篤い筆頭与力にございまするぞ」

「吼《ほ》えるな、阿呆。十手持ちの面汚しめ。てめえの悪事にゃ目を瞑ってきたが、こんどばかしゃ許せねえ」

「お待ちを、今しばらくお待ちを」

「黴《かび》の生えた悪党め、てめえの顔なんざみたくもねえや。門倉、そやつを引ったてい」

「はは」

厳つい門倉が立ちあがり、伴野を羽交い締めにする。

小者と書役が手伝い、筆頭与力は引きずられていった。

勘兵衛は縄を解かれ、両手をついてかしこまる。

根岸は、ちっと舌打ちを鳴らした。

「さあて、うぽっぽ、茶番は仕舞えだ。顔をあげねえか」

「は」

根岸はにっこり微笑んだ。

「丁次郎は奉行所に来てねえよ」

「え」

「おれはそんなやつは知らねえ。おめえの婿になる男に聞いた名だ」

「鯉四郎が」

「今朝方、自邸の門前で土下座しておったのよ。あいつ、おめえが筆頭与力に塡《は》められるのを読んでいたぜ。おめえが言い訳をしねえ頑固者だってこともな。ふふ、なかなか良い婿じゃねえか、なあ」

「は、もったいないおことばにございまする」

「かしこまるな。礼を言いてえのは、こっちのほうさ。おめえは大手柄をあげた、正真正銘のな」

「いいえ」

勘兵衛は頭を振った。

「恐れながら、手柄をあげたのは拙者にあらず、賽師の父娘にございます」

「ふん、おめえらしいな。手柄はいらねえのか」

「いりませぬ。なれど、恐れながら」

「何じゃ」

「褒美を頂戴致したく存じます」

「ん」

「三一の丁次郎の処遇にございます」

「わかったよ。この一件はおおやけにしねえ。安心しな、賽師父娘の罪は問わねえよ」

「はは、かたじけのう存じます」

勘兵衛は平蜘蛛のように平伏《ひれふ》す。

ぽつ、ぽつと、雨が降ってきた。

「これで幕引きだな」

根岸はすっと立ちあがり、襖の向こうに消えていった。

十五

雨は夕刻までにあがり、亀島川に七色の虹が架かった。

屋敷の縁側でくつろいでいると、燃えるような満天星の垣根を背にして、髪を島田に結いなおした白装束の女があらわれた。

「おはんか」

「はい」

「丁次郎はどうした」

「旦那に合わせる顔がないと申しましてね。あたしひとりでご挨拶にまいりました」

おはんは、くるっと背中をむけた。

纏った白い布切れには「南無《なむ》大師《だいし》遍照《へんじょう》金剛」の文字が書かれている。

「どうです、似合いますか」

「まあな」

「ひとつだけ、言い訳させてもらっても」

「おう、何だ」

「御婿さんを刺したのも、仏壇屋の番頭を斬った浪人者を刺したのも、あたしじゃありませんよ」

「ほ、そうかい」

「あたしは毒針を使わないんです。神仏に誓って、他人様を殺めたことはありません。どうです、胸のつかえは取れましたか」

「おかげさんでな」

「これで、あたしも心おきなく旅に出られます」

「羨《うらや》ましいな。おれも四国に行ってみてえぜ」

「ふふ、旦那もごいっしょなされますか」

「莫迦言うない」

「戯れ事はこのくらいに。旦那、お世話になりました」

「行くのか」

「はい、失礼いたします」

おはんはお辞儀をし、くるっと背中をむけた。

「おっと、待ってくれ」

勘兵衛は立ちあがり、奥の座敷から紙に包んだ何かを持ってきた。

「忘れるところだったぜ。おめえに渡そうとおもってな」

「何です」

紙を開くと、鮮やかな珊瑚玉の飾り簪があらわれた。

「こいつはな、丁次郎がでえじな娘のことをおもいながら、八丈島で懸命に磨いた珊瑚玉だ。自分が死んだら形見に渡してほしいと頼まれてな。丁次郎は死んじゃいねえが、おれが預かっててもしょうがねえ。ほれよ、渡したぜ」

「旦那、ほんとうに、ありがとうございました」

おはんは眸子を潤ませ、簪を胸に抱いた。

「おめえだって、これまで苦労をかさねてきたんだ。ゆっくり骨休めしたらいい。道中、気いつけてな。とっつあんに、よろしく伝えてくれ」

「はい」

たとい、どこかで野垂れ死んでも、悔いのない身にちがいない。

懺悔の旅が終わっても、元盗人父娘の罪は帳消しにはならぬ。

ただ、少しくらい、ふたりが幸せになっても罰は当たるまい。

「旦那もだいじなおひとに邂逅できるようにって、あたし祈ってまいります」

おはんはそう言いのこし、垣根の向こうに消えていった。

逢いたいと願う相手の顔が、瞼の裏に浮かんでいる。

手柄などいらぬ。財も名声もいらぬ。ただ、運《ツキ》の欠片《かけら》をお裾分けしてほしい。

――きゅる、きゅるる。

深まる秋の夕まぐれ、群れからはぐれた椋鳥《むくどり》が一羽、茜空を遠ざかってゆく。

「行っちまったな」

出会いがあれば、かならず別れもやってくる。

だが、生きてさえいれば、いずれ必ず邂逅できるときもやってこよう。

望みの叶った丁次郎とおはんにとって、十七年という年月は傍《はた》で感じるよりも長くはないのかもしれない。

ふと、おもいたって家を飛びだし、勘兵衛は暮れなずむ鎌倉河岸へ足をむけた。

河岸の東端、竜閑橋《りゅうかんばし》の北詰めには、迷子石がひっそり佇んでいる。

その石に、失踪した妻への伝言を刻みつけた。

――静、帰ってこい。

希望の灯が、胸の奥でちろちろと燃えている。

きりぎりす

一

霜月、大安。

黒紋付きを羽織った勘兵衛は鯉四郎を屋敷に迎え、朝婿入りと称する親子固めの盃を交わしたあと、夕刻の嫁入りまでの慌ただしい時を過ごさねばならなかった。

先方の末吉家へは、昨日のうちに荷送りを済ませてある。

鯉四郎の祖母志穂に手渡した目録はみずからの筆《て》で何度も書きなおし、たとえば、箪笥《たんす》一重に長持二棹《さお》、葛籠《つづら》三つに櫛箱ひとつ、鉄漿《おはぐろ》道具に硯《すずり》箱に針箱、膳椀箱から盥《たらい》ひとつにいたるまで詳細に記してやった。

家にはひっきりなしに誰かが出入りし、柳樽だの祝い品だのを運んできた。使いの者に祝儀銭を渡しているあいだも、遠い親戚や同僚や上役の使いが挨拶に訪れた。吟味方与力の門倉角左衛門を主賓に招いたので、そちらへの配慮も欠くことはできず、まことに忙《せわ》しないかぎりだった。

それでも、銀次がてきぱきと差配してくれたおかげで少しは暇もでき、自室でしばし惚けていると、綾乃が襖《ふすま》の向こうからそっと声を掛けてきた。

「父上、よろしゅうございますか」

不意をつかれ、頭が真っ白になった。

空咳を放ち、何とか威厳を取りもどす。

「ふむ、はいれ」

襖が開かれた瞬間、勘兵衛はことばを失った。

白い綿帽子に白無垢《しろむく》の娘がそこに座っている。

打掛も着物も帯もすべて白、顔は綿帽子にすっぽり覆われ、朱を指した唇《くち》もとだけがわずかにみえた。

「ほう、おしまに着付けてもらったのか」

「はい」

ふだんは番台で寝惚けている女房でも、やるときはやるものだ。

「父上」

綾乃は三つ指をつき、凜《りん》とした声で言いはなつ。

「今日のこの日まで、ふつつかなわたくしを慈しみ、育んでいただき、感謝のしようもございませぬ。ほんとうに、ありがとうございました」

「ん」

勘兵衛は、ぐっとことばに詰まった。

気の利いたことばのひとつも掛けてやりたいのに、それができない。

「父上、綾乃は母がおらなんだことを淋しいとおもったことはありませぬ。父上さえおそばにいていただければ、それで……それだけで、幸せだったのでございます。これからも末永くお健やかに……では、綾乃はまいります」

襖が音もなく閉まった。

勘兵衛は襖に背をむけ、涙で顔をくしゃくしゃにしている。

生涯でいちどのたいせつな場面で、何も言えぬ自分が不甲斐ない。

「すまぬ……す、すまぬ」

どれだけ歯を食いしばっても、涙は止めどもなく溢《あふ》れてきた。

暮れなずむ八丁堀の小路に、提灯の行列がつづいてゆく。

末吉家では表に篝火《かがりび》を焚《た》き、花嫁の輿入れを待ちうけていた。

裕福な商人のように贅沢はできないが、それでも、料亭から料理人を呼んで宴席の膳をこしらえさせた。

親類縁者や賓客たち、大勢の見物人に見守られ、綾乃は末吉家の門をくぐった。

勘兵衛に恩義を感じている貧乏人たちが、色づいた垣根の外で鈴生《な》りになっていた。

誰もがみな、温かい目で綾乃を見守ってくれている。

感激して洟《はな》を啜《すす》っている者も大勢いた。

あの顔も、この顔も、ぜんぶ見知っている。

神田や浅草から、駆けつけてくれた顔もある。

ありがたいなと、勘兵衛はおもった。

そして、白無垢を纏《まと》った綾乃の晴れ姿を、誰よりも静にみせてやりたかった。

未練がましいはなしだが、二十年前に失踪した妻のことがどうしても忘れられない。

綾乃は静に生き写しなのだ。忘れられるわけがなかった。

――静、どこにおる。

勘兵衛は、胸の裡《うち》で何度も繰りかえした。

めでたい日だというのに、物悲しい気分につつまれている。

すでに、盃事の席は用意されてあった。

花嫁の綾乃は面と向かって主座の左手に、花婿の鯉四郎は右手に座った。

ふたりの背後には金屏風《きんびょうぶ》が立てまわされ、朱塗りの盃が三つ組で置かれている。

黒紋付きの仁徳がうやうやしく膝をはこび、三三九度の盃事がとりおこなわれた。

仁徳の指示で、綾乃がまず盃に口を付け、つぎに鯉四郎が盃に口を付ける。これを一順目、二順目と三度ずつ繰りかえし、三順目だけは花嫁、花婿、花嫁の順で盃を干す。最後の九度目は綾乃が口を付け、厳かな酒盃《しゅはい》の献酬はお開きとなった。

勘兵衛は終始、落ちつきのない様子で座っている。

対座する志穂は、にこやかな顔で堂々としていた。

花嫁がお色直しをしてあらわれると、賑《にぎ》やかな宴会がはじまった。

綾乃は高島田の根を高くあげて結んだ文金高島田を披露し、待女郎《まちじょろう》役のおしまが後ろに控えてこまごまと世話を焼いている。一方、五つ紋の黒羽織に縞《しま》の仙台平袴を着けた鯉四郎は、緊張した面持ちで達磨大師のごとく座りつづけた。

「いや、めでたい、めでたいのう」

主賓の門倉も目を細めている。

勘兵衛は膝を滑らせ、御酒を注いだ。

「うぽっぽよ、これでおぬしも思いのこすことはあるまい」

「は」

「御奉行からも、よしなにとな」

「はは」

そうした会話を交わしているところへ、剣菱《けんびし》の菰樽《こもだる》がはこびこまれてきた。

「南町奉行、根岸肥前守さまより、祝いの御品にござりまする」

宴席がどっとわき、仁徳が調子に乗って朗々と唸《うな》りだした。

「高砂や、この浦舟に帆をあげて、この浦舟に帆をあげて、月もろともにいでしおの、浪の淡路《あわじ》の嶋かげや……」

途中で感極まって洟を啜り、すぐにまた唸りはじめる。

「……遠く鳴尾の沖すぎて、早や住の江につきにけり、早や住の江につきにけり」

志穂は小者に命じて客座敷の襖を開けはなたせ、見物に訪れた者たちを庭や縁側に招きいれた。

勘兵衛は席を立ち、みなに祝い酒を振るまった。

白塗りの遊女もいれば、小悪党だった者もいる。

綾乃の嫁入りを、わざわざ祝いにきてくれたのだ。

鎌倉河岸の蠟燭町《ろうそくちょう》から馳せ参じた人のよい大家夫婦などは、長屋の連中のこころざしと称して三両もの大金を届けてくれた。

勘兵衛は涙ぐみながらこれを受けとり、ともども美酒に酔った。

「皆の衆、よう来てくれたな」

心底から嬉しかった。ありがたいとおもった。

誰彼かまわず、勘兵衛は酒や馳走を振るまった。

宴席は飲めや歌えやの騒ぎとなり、真夜中になっても果てることなくつづいた。

年寄りの志穂と仁徳はさすがに寝てしまったが、新郎新婦と勘兵衛が席を離れることはなかった。

尿意を催し、千鳥足で暗い廊下を歩いていると、手拭《てぬぐ》いの端を噛《か》んだ白塗りの年増がつっと近寄ってきた。

見知らぬ女だ。

夜鷹であろうか。

「旦那、これを」

女は祝儀袋を手渡すと背中をむけ、垣根の向こうへ消えてしまった。

天蓋《てんがい》には無数の星が瞬いている。

祝儀袋を開くと、冷たくて固いものが手に触れた。

銀簪《かんざし》だ。

野水仙《のずいせん》を象《かたど》った精緻な細工がほどこされている。

「あっ」

勘兵衛は仰天し、裸足で庭に飛びおりた。

垣根を抜けて外へ飛びだし、暗がりを睨《にら》みつける。

女の後ろ姿をさがした。

いない。

勘兵衛は銀簪をみつめた。

見覚えがある。遠いむかし、静に贈った品にまちがいない。

水茶屋の看板娘だった静に惚れ、気を引こうとおもって購入した。

清水の舞台から飛びおりたつもりで大枚を叩《はた》き、江戸随一と評判の簪職人につくらせた逸品なのだ。見まちがえるわけがない。

銀簪は星影を反射させ、鈍い光を放っている。

二十数年前の輝きを、今も失ってはいなかった。
この銀簪と同様、妻と過ごした短い時は色褪《あ》せもせず、記憶のなかに留まっている。
ひょっとしたら、静自身がさきほどの夜鷹に託したのだろうか。
だとすれば、遠からず邂逅《かいこう》できるかもしれない。
いやが上にも、期待は膨《ふく》らんだ。
しかし、妙だ。
どこか、おかしい。
簪を頭上に翳《かざ》し、先端をみつめた。
「うっ」
血曇りが付いている。
「これはいったい、誰の」
静に良からぬことでも起きたのだろうか。
言い知れぬ不安が、闇《やみ》の底から恫喝《どうかつ》の眸子《まなこ》をむけている。
勘兵衛は篝火の消えた門前で、金縛りにあったように固まった。

二

霜月八日、晴れ。

祝言の後始末も済み、ようやく生活は落ちつきを取りもどした。

今日は火焼《ほたけ》と称する鞴《ふいご》祭り、稲荷を崇める鍛冶屋や鋳物師《いもじ》や石工など鞴を使う職人たちが屋根から蜜柑《みかん》をばらまく。どうして蜜柑なのかは判然としないが、町の随所で見受けられるのは洟垂れどもが喜々として蜜柑を拾いあつめる光景だ。

綾乃は嫁いでも医術の道を捨てる気はないらしく、今日は朝から仁徳の手伝いに来ていた。ついでに、家の飯炊きや洗濯をやろうとしたので、勘兵衛は「おれのことは放っておけ」と叱りつけた。

自分のことは自分でやる。できなければ、賄いの婆さんでも雇えばよい。

娘の厚意に甘えれば済むはなしなのに、素直になれず、どうしても意固地になってしまう。

怒った綾乃は診療部屋に籠もってしまったので、仁徳はすこぶる機嫌が良かった。

血曇りの付いた銀簪の件もあって、気分がどうにも落ちつかない。

勘兵衛は居たたまれなくなり、夕暮れとともに家から飛びだした。

「くそっ、酔いてえ」

淋しさを紛らわすために、酒を流しこみたくなった。

陽が落ちると外は寒い。亀島橋の手前で担ぎ屋台の蕎麦《そば》屋をさがしたが、看板代わりの白い湯気はどこにも見当たらなかった。

誰かの温もりが欲しい。

亀島橋を渡れば霊巌島《れいがんじま》、江戸の呑んべえどもが集まる新川河岸はすぐそばだ。点々とする艫《とも》灯り、川沿いには酒蔵が軒を並べている。

一ノ橋、二ノ橋、三ノ橋と東へすすめば、大川の落ち口へたどりつく。

川端に近い塩町には瀬戸物屋が多く、七日にいちどは茶碗市が立った。

河岸の横丁には、赤提灯がずらりと並んでいる。

勘兵衛の足は、自然と「浮瀬《うかむせ》」にむかった。

気軽な調子で、縄暖簾《なわのれん》をひょいと振りわける。

まだ早い時刻のせいか、床几の客はまばらだ。

おふうが生きていたころは、馴《なじ》染み客で埋まっていたものだが、しばらく来ないあいだに新顔が増えた。

おふうはいつも島田髷《まげ》に銀簪を挿し、薄茶地に千筋の着物を好んで纏った。金線の黒帯を胸高に結んだすがたは粋で、馴染みの客からは普賢菩薩に喩《たと》えられていた。見目の良さもさりながら、気性の良さが客を惹《ひ》きつけた。つんけんしたところもなければ、客に媚《こ》びたりもしない。立ち居振るまいが自然でいて、色気を感じさせた。

が、おふうはいない。常世《とこよ》に旅立ってしまった。

見世には縁起物の熊手とともに、法螺貝《ほらがい》でつくった七合五勺入りの大杯「うかむせ」が飾られている。見世の名は、勘兵衛が付けた。「身を捨ててこそ浮む瀬もあれ」という座右の銘からとったのだ。

「あら、旦那」

おふうから見世を引き継いだおこまが、顔をぱっと輝かせた。

そもそもは足抜け女郎で、二年前、京の島原遊郭から江戸へ逃げてきた。勘兵衛が救って請人《うけにん》となり、墓守《はかもり》の雁次郎《がんじろう》と所帯をもたせた。籠抜け鳥も今は十八、大人の色気を振りまくようになった。

「おまえさん、うぽっぽの旦那がおみえですよ」

奥の調理場から、隻腕《せきわん》隻眼の大男が飛びだしてきた。

「よう、雁次郎。祝言に顔もみせねえでどうした。おめえとおこまが来ねえもんだから、綾乃は淋しがっていたんだぜ」

「あんまりひとが多いもんで、遠慮しちまったんですよ。でも、白無垢のおすがたは垣根の外から拝見させていただきやした。お嬢さまはほんとうにおきれいだった」

雁次郎は腕っぷしが滅法強く、吉原の鉄棒《かなぼう》引《び》きとして四郎兵衛会所に雇われていた。大門脇に控える四郎兵衛会所は遊女の逃亡を防ぐ砦《とりで》、鉄棒引きは屈強な夜廻りのことで、揃いの仕着せを纏い、重い鉄棒を引きずりながら火の用心を呼びかける。

雁次郎はとある遊女に岡惚れし、よせばいいのに足抜けを手伝った。遊女はまんまと逃げおおせたが、自身は潔く会所に出頭し、掟によって右目と右腕を奪われた。同情した勘兵衛は働き口をいくつか紹介してやったが、いずれも長続きせず、仕舞いに身を落ちつけたさきが、吉原遊女の投込寺として知られる土手の道哲《どうてつ》、西方寺《さいほうじ》であった。

「おめえ、墓守はやめたのか」

「いいえ、やめちゃおりやせん」

「そいつはいかんな、庖丁人と墓守は両立せんだろうが」

「回数は減りやしたが、ご住職に頼んでやらしてもらってやす」

「墓荒らしに説教すんのが、よっぽど好きらしいな、おめえは」

「へへ」

雁次郎は奥へ引っこみ、おこまが入れ替わりに熱燗をつけてきた。

「肴《さかな》は刻み紫蘇《しそ》を掛けた奴《やっこ》ですよね、旦那」

「ああ」

「青首の炙《あぶ》り焼きもどうです」

「もらおう」

「あの白い綿帽子、お嬢さまはほんとにおきれいでした。わたし、女将《おかみ》さんのことを思いだしたんですよ……あっ、ごめんなさい。つい、うっかり」

「いいさ。もう、おふうのことを喋《しゃべ》ってもでえじょぶだ」

「そうですか。それなら、ひとつ旦那にお聞きしても……やっぱり、やめておこうかな」

おこまは長い睫毛《まつげ》を伏せ、口をつんと尖らせた。

「はなしを途中でやめるんじゃねえ」

「は、はい」

「喋ってみな。おれに何か意見してえんだろ」

「意見だなんて、そんな」

「だったら、何だ」

「旦那は女将さんをお嫁さんにしてくれはったけど、何で生きてるうちに幸せにしてやれへんかったんやろうって……それはやっぱり、生き別れになったお方のことが忘れられへんかったからどすか」

　京訛《なま》りの残った口調で質《ただ》され、勘兵衛は黙然と盃の縁を舐《な》めた。

　おこまの指摘するとおりだが、認めたくはない。

　雁次郎が奥から顔を出し、おこまをどやしつけた。

「莫迦《ばか》野郎、余計な口を利くんじゃねえ」

「はい」

　おこまは素直に返事をし、慌てた様子で酌をする。

「旦那、ごめんなさい。わたし、おもってることを胸に隠しておけない性質《たち》なんです」

「いいってことよ」

「お嬢さまも嫁がれて、何かとご不便じゃありませんか」

「別に不便は感じねえな」

「おさんどんは」

「藪《やぶ》医者のところに飯炊きの婆さんが通ってくる。相伴《しょうばん》させてもらうのさ。なあに、婆さんがおらずとも何とかなる。わしはこうみえても、庖丁さばきが得意でな」

「うふふ、旦那が魚をさばくところ、みてみたい」

「そのうち、みしてやるよ」

「どなたか、良いおひとをおさがしにならないんですか」

おこまはまた、余計なことを口走った。

勘兵衛は空になった銚子を寝かせ、二本目に取りかかる。

奴につづいて、青首の炙り焼きが平皿で出された。

柚子《ゆず》を絞って塩を振り、口に入れて頬張る。

「むふっ」

「美味しいでしょ」

「美味えな。さすがは青首だ」

「さ、おひとつ」

注がれた酒を干し、勘兵衛はぼそぼそ喋りはじめた。

「おこまよ、男ってのは年を食うとな、だんだん臆病になってくる。そのうち、おなごを好きになるのが面倒臭くなってな。若《わけ》えころの熱は冷めちまい、残っているのは燃え滓《かす》だけ、おおむかしの思い出に縋《すが》って生きるようになるんだ。よほどのことでもねえかぎり、新しい恋なんざできねえ。ふん、恋なんて台詞《せりふ》を口にするのも憚《はばか》られる、こっぱずかしくてなあ」

「旦那、それじゃ、人生ちっともおもしろくないじゃありませんか」

おこまは本音を吐いた途端、顔を出した雁次郎に睨まれた。

そんな調子で夜更けまで呑《の》みつづけ、勘兵衛は「浮瀬」をあとにした。

外に出ると足が縺《もつ》れ、ひっくり返りそうになる。

「めっきり弱くなっちまったぜ」

久しぶりの深酒が祟《たた》ったのだろう。

川縁に沿って歩み、大神宮の鳥居の前までやってきた。

いつも両手を合わせ、静と邂逅させてほしいと祈る場所だ。

「どうかよろしく」

しまりのない頭で柏手を打ち、懐中をまさぐってみる。

「くそっ、ねえぞ、どこにいきやがった」

銀簪を探しあてることもできず、ふらつきながら汀《みぎわ》に近づいていった。

裾《すそ》を捲《まく》って立ち小便をしていると、細長い舟が一艘近づいてくる。

――ぎいす、ぎいす。

櫓《ろ》を漕ぐ音が、きりぎりすの鳴き声に似ていた。

長い小便を終えるころには、鳴き声も消えてしまった。

何の気なく眸子をむければ、一ノ橋の桟橋に怪しげな人影がふたつ蠢《うごめ》いている。

「おい、おめえら」

鋭く呼びかけると、脅《おび》えた顔が振りかえった。

三十前後の男と、乳飲み子を抱えた女だ。

男の顔は、どこかでみたことがある。

「待て、こんな夜更けにどこへ行く」

刹那、別の人影が鼻先に立った。

「何だおめえは……うっ」

当て身を食らい、意識が遠のいた。

膝を折り、朽ち葉の匂いを嗅《か》ぐ。

ふと、静の顔が脳裏を過ぎった。

「お、おい……ど、どこへ行く」

この二十数年、今日か明日かと帰りを待ちわびてきた。

なのに、おめえはまた、どこかへ行ってしまうのか。

——ぎいす、ぎいす。

季節はずれのきりぎりすが、川の向こうで鳴いている。

二挺櫓の舟は岸辺から離れ、彼方の闇へ遠ざかってゆく。

「静よ、待ってくれ」

勘兵衛の口から、わけのわからぬ台詞が漏《も》れた。

帰りたい気持ちがあるのなら、素直に帰ってくればいい。

おれはいつまでも待っている。

どうにかして、この気持ちを伝えたい。

勘兵衛はそう願いつつ、枯草に顔を埋めた。

三

二日後の早朝。

鎌倉河岸は蠟燭町の治兵衛店で、大家の留吉《とめきち》と女房のおさんが首を縊《くく》った。

誰あろう、祝言の日に顔をみせてくれた人のよい夫婦のことだ。

銀次ともども駆けつけてみると、留吉とおさんは同じ細紐の端と端を首に縊りつけ、梁《はり》からぶらさがっていた。

「可哀相に、釣瓶《つるべ》心中かい」

見物人が大勢集まり、恐ろしげに眺めている。

経を唱える老婆や、洟を啜る嬶《かか》ァもあった。

「師走でもねえのに、鮭《しゃけ》になりやがって」

銀次が苦い顔で吐きすてる。

屍骸は隣人たちの手で床に降ろされた。

そこへ、聞きこみにまわっていた手下の三平が戻ってきた。

平目《ひらめ》のような面をした御用聞きは、かつて、へっつい泥棒だった。勘兵衛に捕まって改心し、銀次の手下になったのだ。鼻が利くので重宝している。

「親分、大家が鮭になった事情、わかりやしたぜ」

「おう、何だ」

「借金苦でさあ。紺屋町の地蔵屋に三十両もの借金がありやしてね、そいつが返えせねえってんで首を縊ったんでやすよ。でもね、親分、地蔵屋に金を借りたな、大家じゃねえんですよ」

「ん、どういうこった」

「へい、人のよい大家夫婦は店子《たなこ》の請人になった。その店子が夜逃げしちまったもんで、借金のお鉢がまわってきやがった。強面《こわもて》の債鬼どもにさんざ脅されたあげく、死ぬしかねえとあきらめちまったらしいんで」

「けっ、そういうことかい。地蔵屋の政五郎《まさごろう》なら、知らねえでもねえ。貧乏人を騙《だま》して烏金《からすがね》を貸しつける阿漕《あこぎ》な野郎だ」

「まったくで。政五郎ってのは血も涙もねえ下司《げす》野郎でさあ」

　無論、金を借りた側にも罪はある。

「三平よ、逃げた店子ってのは誰なんだ」

「蠟燭職人の勝造《かつぞう》でやす。おとよっていう女房と乳飲み子を連れておりやした」

　親子三人で煙のように消えたと聞き、勘兵衛ははっとした。

「銀次、そいつをみたぞ」

「え」

「おもいだした、まちがいねえ。あれは勝造だ。乳飲み子を抱えた女房もおったぞ」

「旦那、そいつをどこで」

「新川河岸、一ノ橋のそばだ」

　勘兵衛は一昨夜の件を手短に説明した。

「へえ、旦那が当て身を食っちまうとはね」

「深酒のせいで不覚を取っちまったのさ」

「二挺櫓の舟を目になさったんですよね」

「ああ」

「そいつはたぶん、きりぎりすだな」

「きりぎりす」

「へい。何年かまえ、夜鷹屋の元締めから聞いたことがありやす。江戸には遁科《たんか》屋とか逃がし屋とか呼ばれてる輩《やから》がいるそうで」

そうした得体の知れない輩が誰かを逃すのに使う船を、きりぎりすと呼ぶらしい。

「旦那、ここは見物人の目がありやす。菜飯《なめし》屋にでもめえりやしょう」

「そうだな」

勘兵衛は亡骸に手を合わせ、長屋の木戸を出た。

銀次と肩を並べ、表通りの菜飯屋にはいる。

「留吉夫婦にゃ恩があってな。綾乃のためにご祝儀まで携え、わざわざ足をはこんでくれたのだ」

「そうでやしたか」

「銀次、弔《とむら》い酒を呑もう」

「へい」

朝飯を食べていないので、菜飯も注文する。

燗酒がはこばれてくると、勘兵衛は銀次に注いでやった。

「へ、ありがとさんで。それにしても、江戸の闇は深え。あっしにも知らねえ商売があるんでやすからね」

「遁科屋か」

「旦那に当て身を食らわしたな、そいつでやしょう」

「たぶんな」

「言われてみりゃ、長屋からどろんと消えちまった連中はけっこうおりやす。たいていは神隠しで済まされちまうが、どっちにしろ、暮らしの立ちゆかなくなった連中ばかりだ」

借金を返す目処《めど》もなく、死んで詫びる勇気もない。どうせ死ぬなら生きられるだけ生きのびてやろうと、なけなしの銭を叩いて舟に乗る。おそらく、蠟燭職人の一家も三途の川を渡る心境だったにちがいない。

「旦那、どんだけ働いても、貧乏人は酬《むく》われねえ世の中だ。逃げてえやつらの気持ちもわからねえでもねえ。遁科屋ってのは、あながち悪人じゃねえような気もするんですがね」

「でもな、銀次、そんな野郎がいるせいで、留吉夫婦は鮭になっちまったんだ。善人を絵に描いたような夫婦が、あんなふうに死んじまうのはみるに忍びねえ」

「じゃ、旦那は遁科屋を」

「ああ、捜しだして捕まえるのが、せめてもの供養ってもんだ」

「そうでやすかね」

銀次はいつになく、歯切れがわるい。

「ま、しょうがねえな。旦那がそう仰《おっしゃ》るなら、やるっきゃねえでしょう。まずは、渡し場の船頭を片っ端から当たってみやすよ」

「たのむ。夜鷹屋のほうもな」

「へい」

「それからな、銀次」

勘兵衛は、途中でことばを呑みこんだ。

「何です、あらたまって」

「じつは、祝言の晩に、夜鷹らしき年増が妙なものを携えてきやがった」

「妙なもの」

「こいつだ」

勘兵衛は懐中から、銀簪を取りだした。

「ちょっと、よろしいですかい」

「ふむ、じっくりみてくれ」

「細工物でやすね……ん、先端に。血だな、こりゃ。誰かを刺したのか。でも、深え傷じゃありやせんね」

「刺したところが咽喉《のど》仏や盆の窪なら、致命傷になるかもしれん」

「なるほど」

「そいつは曰くつきの簪でな、二十数年前、おれが静に贈った品だ」

「げっ」

銀次は眸子を剝《む》き、黙りこんでしまった。

「驚かしてわるかったな」

「い、いいえ。驚いたのは、旦那のほうでやしょう。綾乃さまの祝言の日に、こんなまねをしくさるとは許せねえ。で、そのあとは何か」

「梨の礫《つぶて》さ」

「弱りやしたね」

「ああ、弱った。誰が何のつもりでこんなまねをしたのか。皆目、見当もつかねえ」

「少なくとも、これが静さまの簪だと知る者のしわざでやしょう。ってことは、そいつは静さまのことを知っている。今どこでどうしておられるのか、消息を知っているのかもしれやせん」

「そこだ」

「いっしょにいるのかも」

「それとも、こいつで静を刺しちまったか」

「旦那、わるいほうにゃ考えねえほうがいい」

「そうだな」

「静さまはきっと生きておられやすよ。もっと言わせてもらえば、八丁堀に帰《け》えってきてえにちげえねえ」

「なぜ、そうおもう」

「も、申し訳ありやせん。手前勘で余計なことを」

「銀次、おめえにゃ何を言われたってかまわねえさ。あのころの静を知っているなあ、仁徳先生とおめえだけだ。先生は知ってのとおり、綾乃を残して消えちまった静のことが許せねえのさ」

「つい先だっても、したたかに酔っぱらい、棺桶にへえるまで恨んでやると毒を吐きやしたぜ」

「それが本音さ」

「旦那は」

「こっぱずかしいはなしだが、どうしても忘れられねえ……それにしても、あいつ、何で居なくなっちまったんだろうな」

「よっぽどの理由《わけ》があったんでしょうよ。そうでなきゃ、あの静さまが旦那とお嬢さまを残して居なくなるはずはねえんだ。あっしは静さまが水茶屋の看板娘だったころから存じあげておりやす。へへ、旦那の恋文も何度かお届けしやしたしね。あのお方は見目が良いだけじゃねえ。気だての優しいお方だった。何といっても、旦那を心からおもっていなすった。ですからね、居なくなったのがいまだに信じられねえんでやすよ」

銀次は溜息《ためいき》を吐《つ》き、遠い目をした。

「あっしにゃ忘れられねえ。旦那は死に物狂いで静さまのことをお捜しになられやしたよね。あのときのおすがたがあんまり可哀相で、目に焼きついて離れねえんですよ。去年の夏、小夜っていう流れ者が江戸にすがたをみせやしたね」

安芸の尾道で鬼灯《ほおずき》の惣五郎に拾われた女だ。

「記憶を無くしたおなごと聞き、あっしは静さまにまちげえねえとおもった。あんときゃ二十年ぶりに邂逅できるんじゃねえかって、はりせんぼんみてえに期待だけが膨らみやがって、眠ることもできなかったんでやすよ」

「期待したぶん、落胆も大きかったな」

それでも、生きているのではないかという希望がもてた。

「旦那も仰ってたじゃねえですか。あっしは静さまに帰えってきてほしい。この際、出ていっちまった理由なんざどうでもいい。記憶が無えんなら、それでもかまわねえ。旦那と静さまが邂逅なさったところを、あっしはこの目でみてえ……へへ、そんなことを口にしたら、仁徳先生にどやしつけられやすがね」

心の籠もった銀次のことばが、何よりもありがたかった。

と同時に、勘兵衛は辛いおもいを掻きたてられた。

逢えずにいるのが辛いのか、未練を捨てきれずにいるのが辛いのか、いずれにしろ、おもいがけず手許に戻った銀簪のせいで、心が掻きみだされている。

勘兵衛は、野水仙の咲く場所へ行ってみようとおもった。

四

――きい、きちきちきち。

澄みわたった蒼穹《そうきゅう》から、冬百舌《もず》の高鳴きが聞こえてきた。

浅草寺《せんそうじ》奥山、むかし、静といっしょによく訪れたところだ。葦簀《よしず》張りの食べ物屋や見世物小屋が軒を並べ、大道芸人が珍芸を披露し、いつ来ても見物人の絶えることがない。

盛り場から少し離れたところに池があり、畔《ほとり》に野水仙が群生していた。良い香りがする。可憐な白い花はしかし、咲きはじめたばかりだ。

勘兵衛は銀簪を取りだし、じっとみつめた。

「静……生きておるのか」

記憶のなかにある妻の顔は二十歳のころのままだ。

身は老いても、記憶は鮮明でありつづける。

残酷なはなしではないか。

背後に人の気配を察し、勘兵衛は銀簪を仕舞った。

「もし、うぽっぽの旦那じゃござんせんか」

振りむけば、軽業師の女が立っている。

「ほうら、やっぱり。十年ぶりですね」

勘兵衛は女の顔を穴のあくほどみつめた。

「お忘れですか。たねですよう」

「たね……越後獅子《えちごじし》のおたねか」

「はい。その節はお世話になりました」

「おう、そうか。おたねか」

十年前はまだ、九つか十の子供だった。

姉とふたり、広小路や往来で軽業を披露していたのだ。

「地廻りの連中にいじめられていたとき、旦那に助けていただきました。あのときの御恩は忘れておりません」

「あれから、おれもずいぶん年を食っちまった」

「いいえ、旦那はちっともお変わりありませんよ」

「世辞でも嬉しいぜ。ところで、姉さまは」

「行方知れずになりました」

「なに」

「ちょうど、一年になります。神隠しに遭ったように居なくなっちまって」

「そうだったのか」

姉妹は旅芸人の一座に属し、全国津々浦々を経巡っていた。

姉が居なくなり、おたねは途方に暮れたが、生きるためには一座から離れるわけにはいかないという。

「あいかわらず、旅から旅の暮らしにござります。お江戸は久しぶりで」

「なるほどな」

「旦那、何だか後ろ姿が淋しそう。失礼ですけど、お悩み事でも」

「いいや、若えころの思い出に耽《ふけ》っていたのさ」

勘兵衛は野水仙の花に目を遣った。

「旦那もここがお好きなんですね。姉さんも好きでした」

「おめえが生まれるめえから、ここにゃ水仙が咲いているんだぜ」

「へえ」

おたねは、大きな目をさらに丸くさせる。

勘兵衛は眸子を細め、優しげに微笑んだ。

「ここで胸の裡を打ち明ければ、かならず恋情《おもい》はかなうという言い伝えがあってな」

「ほんとうですか」

「ああ、嘘じゃねえ。おめえ、好いた相手は」

「いません、そんなひと」

「むきになることはねえだろうよ」

「じつは一年前、比丘尼のおばさんに行く末を占ってもらったんです。そうしたら、おまえにはふたつの道しかないって言われました。ひとつは軽業を磨いて長生きする道、もうひとつは好きな相手といっしょになって早死にする道、どっちを選ぶかって問われ、業を磨くために精進するって応えちまったんです」

「たかが、比丘尼占いごときに義理立てすることもねえだろう。若え娘が恋のひとつもしねえでどうする」

「およりさんは、よく当たるって評判の比丘尼なんですよ」

「およりってのか、そいつは」

「はい。手を握っただけで、ひとの行く末がみえるんです。わたしも手を握ってもらいました」

「いくら払った」

「ただですよ。占いで稼ぐ気はないんです」

「そいつは奇特なこった」

「何百人と女のひとの手を握ったけど、ひとりだけ行く末のみえないお方があったそうです。そのひと、年は四十路前後なのですが、生まれてから三十数年の記憶がすっぽり抜けおちていた。夢から醒《さ》めてみたら、遍路《へんろ》装束《しょうぞく》で道端に倒れていたのだとか」

「遍路装束でか」

「はい、倒れていたところはたしか、安芸の尾道だって聞きました」

「なに」

勘兵衛は眉を顰《ひそ》めた。

記憶を無くした遍路装束の四十年増、しかも安芸の尾道と聞けば、小夜のことを思い出さずにはいられない。

小夜は鬼灯の惣五郎に拾われ、盗み働きの片棒を担がされた。そして、拾われてから五年後に江戸へあらわれ、惣五郎が捕縛されると、ふたたび、勘兵衛のまえからすがたを消した。小夜と名乗っていたが、あれは静であったにちがいない。

軽業師のおたねは、それ以上のことは何も知らなかった。

勘兵衛は占い比丘尼の居場所を聞き、野水仙に背をむけた。

五

これも銀簪が導いた縁であろうか。

静に通じる手懸かりを、おもわぬところで拾うこととなった。

勘兵衛はその足で、築地にむかった。

比丘尼と呼ばれる私娼の多くは、長屋や商家の男所帯を訪ね、法事をしてやるなどと言いながら色目を遣う。なかには、足が意のままにならぬために、舟で客の相手をする者もある。頭髪を青剃《ぞ》りに剃りあげ、白い袈裟《けさ》衣を纏い、酔客に功徳を施すと称して春を売るのだ。

昨年の文月二十六夜、勘兵衛は高輪の「岬亭」にあって、まんじりともせずに静が来るのを待った。静とおぼしき女は、失った記憶の欠片《かけら》を拾いあつめるべく八丁堀を訪れ、道端で偶然、綾乃と出くわした。綾乃はじつの母とはつゆ知らず、月見の宴に誘ったのだ。二十六夜の月の出は遅く、明け方近くになる。三光とも称し、阿弥陀、観世音、勢至《せいし》の三尊が宿るという。

東の空が白みはじめたころ、勘兵衛の期待どおり、おもいびとを乗せた小舟が浜辺に近づいてきた。そのとき、櫓を漕いでいたのが白装束の比丘尼だった。比丘尼の操る小舟は燦爛《さんらん》と輝く海に浮かんだが、にわかに南風が吹きよせるや、木葉と化して波濤に揉まれ、三光に吸いこまれるがごとく遠ざかってしまった。

おもいだすだに、口惜しい。

勘兵衛の目には、静とおぼしき女が泣いているようにみえた。

懐かしい記憶が甦《よみがえ》って泣いたのか、それとも、よくよく考えたすえに邂逅できぬことを嘆いたのか、あのときの涙の意味は判然としない。

ただひとつ、あきらかなのは、小舟を操っていたのが比丘尼であったということだ。

明石橋の向こうに、夕暮れの海がみえる。

海風に煽《あお》られつつ、勘兵衛は襟を寄せた。

明石橋は寒さ橋の異名でも呼ばれている。

荷船は行き交うものの、陽が落ちればひとの寄りつかぬ物淋しいところだ。

おたねに教わったとおり、橋のたもとから土手下に降りてゆく。

葭《よし》の繁る浅瀬には杭が打たれ、古びた小舟が一艘繋がれていた。

「あれか」

舟は菰で覆われ、波が寄せると軋《きし》みあげた。

——ぎっ、ぎっ。

嫌な予感がする。

舟端に近寄ると、異臭に鼻をつかれた。

手拭いで鼻と口を押さえ、菰を剝ぎとる。

「うっ」

おもわず、顔を背けた。

腐った女の屍骸が仰向けに寝かされている。

皮膚はくずれ、眼球は溶けかかっており、少なくとも死後七日は経過しているものと推察された。

ただし、おたねに聞いた容貌の特徴はとどめている。

占い比丘尼のおよりにまちがいなかろう。

「ちっ」

勘兵衛は船首を汀に引きあげた。

十手を抜き、ほとけを調べはじめる。

凍え死んだ私娼のほとけは、何体も拝んできた。

が、およりはちがう。左の首筋に錐であけたような刺し傷が見受けられた。

しかも、穴はひとつでない。深さも一様ではなく、五つか六つの穴が集中し、そのうちのいくつかは脈を破っている。何者かに上から覆いかぶさられ、尖った得物で滅多刺しにされたのだ。

「客か」

その公算は大きい。

舟上で折りかさなり、事におよんでいる最中に殺《や》られた。
質《たち》の悪い酔客であろうか。
行きずりの殺しなら、下手人を捜すのは難しい。
「くそっ、糸が切れたか」
静の行方を知る手懸かりは、断たれたやにおもわれた。
勘兵衛はほとけに莚《むしろ》をかぶせ、踵《きびす》を返しかける。
待てよ。
振りかえり、小舟を覆った莚を睨む。
莚のしたで、ほとけは胸に両手を組んでいた。
妙だ。
誰かに殺《あや》められたとしたら、装束は乱れ、あたりは血の海になったはずだ。
動顛した下手人は、ほとけを放置して逃げたにちがいない。
だとすれば、別の誰かが装束を直し、莚を掛けたことになる。
仲間がやったのか。
いったい、何のために。
なぜ、すぐに葬ってやらなかったのか。

勘兵衛はもういちど、莚を捲ってみた。

身を屈めた拍子に、袖から銀簪がこぼれ落ちる。

簪はほとけの肩口で跳ね、舟板に転がった。

勘兵衛は、はっとした。

もしかしたら、銀簪はほとけの脇に転がっていたのかもしれない。

およりは組み敷かれ、身の危険を察知して簪を抜いた。ところが、下手人はおよりの手から簪を奪いとり、逆しまに首筋を刺した。そして、簪を捨てたのだ。

血だらけのほとけをみつけた仲間の誰かが簪を拾い、勘兵衛のもとへ届けた。憎い下手人を捕まえて欲しいと願いつつ、祝言の晩に手渡す機会を窺っていたのだとしたら、はなしの筋は立つ。

そもそも、頭髪を剃りあげた比丘尼に簪は無用だ。

およりは何らかの理由で静から銀簪を手に入れ、たいせつに携えていた。

三光を背にして小舟を操っていた比丘尼は、およりであったにちがいない。

祝言の晩に訪れた夜鷹は、そのあたりの事情を知っているのかもしれない。

まだ、わずかな希望はある。糸が切れたわけではなかった。

勘兵衛はほとけを莚で隠し、夜鷹の影はあるまいかと、土手の周囲を眺めまわした。

六

闇の帳《とばり》が降りた。

土手の斜面に霧雨《きりさめ》が這《は》っている。

海鳴りとともに、龍のかたちをした群雲が頭上を走りぬけた。

勘兵衛は月代《さかやき》を濡《ぬ》らしながら、寒さ橋のうえに立った。

橋向こうから、蕎麦の担ぎ屋台がやってくる。

白い煙に食欲をそそられた。

裾をからげ、泥はねを飛ばす。

屋台に飛びこむと、年を食った親爺がおっとり顔をむけた。

「おいでなされやし、何にいたしやしょう」

「月がねえから、月見といくか」

「へへ、うめえことを仰る」

「それと、熱燗もな」

「かしこまり」

ほかに客もいない。

「夜鷹が来るにゃ、まだ早え頃合いだな」

「仰るとおりで」

親爺は燗のできた安酒を、ぐい吞みに注いでくれた。

熱いものを胃袋に流しこみ、ようやく人心地がつく。

「このあたりじゃ、見掛けねえ顔だな」

「夜の商いでやすからね。それに、ふだんは本所のほうを流しておりやすもんで」

「そうかい」

「旦那、月見はどうしやす」

「おう、すぐにくれ」

「へい」

一本目の銚子が空になるころ、蕎麦がとんと出された。

まんなかに、高価な鶏卵の黄身が落としてある。

十六文の蕎麦が玉子一個で倍に跳ねあがるのだ。

勘兵衛は玉子を端に除《の》け、ぞろぞろ蕎麦を啜った。

「ほ、美味えな」

「ありがとさんで」

「この商売、はじめて何年になる」

「三年になりやす」

「蕎麦屋のめえは何をやってた」

「居職でやす。部屋んなかに閉じこもり、欄間《らんま》を彫っておりやした」

「ほう、欄間をなあ」

「年のせいで目が遠くなり、細けえ彫り物がいけなくなりやしてね」

「それで、商売替えを」

「女房にも逃げられ、部屋に閉じこもってんのが嫌になったんでさあ」

「ふうん、女房に逃げられたのか」

「情けねえはなしで、役者くずれの若え男と駆け落ちしたんでさあ。女房は縹緻《きりょう》良しの廻り髪結いでしてね、ちょいとした縁で知りあい、五年つづきやした」

「なるほどな、おめえも苦えおもいをしたってわけだ」

「ひょっとして、旦那も」

「ああ、女房に逃げられた。もっとも、二十年もむかしのはなしだ。それに、五年もつづきやしねえ。ひとつ屋根の下で暮らせたのは、たったの一年よ」

「そうでしたかい」

「女房に逃げられた者同士、仲良くしようじゃねえか。ほれ、おめえも呑め」

「え、いいんですかい」

「いいさ、遠慮するな」

勘兵衛は二本目の銚子をかたむけ、ぐい呑みになみなみと酒を注いだ。

「それじゃ、遠慮なく」

親爺は咽喉を鳴らし、美味そうに酒を呑む。

「旦那、ごちそうさまでやした」

「おめえ、名は」

「十の吉と書いて十吉《じゅうきち》と申しやす」

「そいつは縁起の良い名じゃねえか」

「せめて名前くれえは」

「つかぬことを聞くが、およりという比丘尼は知らねえか」

「占いをやってた色比丘尼ですかい」

「おう、そうだ」

「何度か蕎麦を食いにきてくれやしたが、そういや、ここんとこ見掛けねえな」

「七日ほどめえ、この辺を流さなかったかい」

「さあて。流したかもしれやせん」

「橋の下で騒ぎを聞いたおぼえは」

「騒ぎなら、二六時中ありやすよ。このあたりにゃ舟饅頭やら色比丘尼やら夜鷹やらがうろつきやす。客はてえげえ酔っておりやすから、枕銭を払ったの払わねえのと、怒鳴りあいは絶えねえ。でも、おより姐《ねえ》さんがどうかしたってはなしゃ聞いておりやせんよ。何かありやしたか」

「橋のしたで死んでらあ」

「え」

「誰かに殺られたのさ。そいつを探ってほしいと、仲間がおれに頼みにきた。いや、口で頼まれたわけじゃねえが、たぶん、そうなんだろうよ。三十路前の女だ。髪があったから比丘尼じゃねえ。ありゃ夜鷹だ。たぶん、おめえの蕎麦を啜ったことのある女さ」

「そういや、おけいって夜鷹が消えたはなしは聞きやした」

「おけい」

「へい、年の頃なら三十の手前、それが旦那の仰った七日ほどまえから、ぷっつりすがたを見せないそうなんで」

「たぶん、そいつだな」

祝言の晩にやってきた女は、おけいという夜鷹にちがいない。

十吉は訥々《とつとつ》とつづける。

「じつは、強面の連中がおけいのことを捜しておりやしてね」

「誰だ、そいつらは」

「紺屋町の地蔵屋に雇われてる連中だとか」

「なに」

「ご存じですかい」

「地蔵屋は阿漕な高利貸しさ。昨晩も鎌倉河岸の裏長屋で、大家夫婦が釣瓶心中をやりやがった。そこまで夫婦を追いこんだな、地蔵屋の付け馬どもだ。なかでも、若衆頭の竜二ってのは没義道《もぎどう》な野郎らしい」

「あっしも、地蔵屋の良い噂は聞いたことがありやせん。あすこにゃ血の気の多い若い衆もいれば、用心棒みてえな浪人者もごろごろしているらしい。そうした連中が血眼《ちまなこ》になって、夜鷹ひとりを捜していやがるんです」

「捜す理由は」

「さあ、あっしにゃわかりやせん。でも、連中はたぶん、おけいをみつけることはできねえでしょう」

「何でわかる」

「これも聞いたはなしでやすがね、このお江戸にゃ逃がし橋っていう橋が何本もあるんだそうで」

「逃がし橋」

「へえ。逃がし橋に行きゃ、好きなところへ逃してくれる船頭が待っているんだとか」

勘兵衛はぐい呑みを置き、十吉の顔をじっとみつめた。

よくみれば、鼻の脇に豆粒大の黒子《ほくろ》がある。

「へへ、妙な連中があったもんです。旦那は、そんな与太話をお信じになられやすかい」

「親爺、おれはな、そいつに会ったことがあるんだぜ」

「え、まことでやすか」

「遁科屋というそうだ」

「遁科屋」

「ああ。この寒さ橋も、ひょっとしたら逃がし橋なのかもしれねえな」

河原の小石を積むように、勘兵衛は銭を重ねた。

「親爺、おけいの所在がわかったら、八丁堀まで報せてくんねえか。おれは臨時廻りの長尾勘兵衛だ」

「長尾勘兵衛さま、へ、承知しやした」

「美味え蕎麦だったぜ、また来らあ」

「へ、おまちしておりやす」

屋台から抜けでると、いつのまにか雨は熄《や》んでいた。

七

翌日は紺屋町へ足をむけた。

南西の川向こうには小伝馬町の牢屋敷がみえる。

藍染川と竜閑川に挟まれた町屋の狭間《はざま》に、金貸し業を営む地蔵屋はあった。

そのむかし藍染川に架かっていた地蔵橋に因み、屋号に付けたのだという。

主人の政五郎は、まったく知らぬ相手ではない。

年は五十のなかば、抜け目のない阿漕な古狸《ふるだぬき》で、なかなか尻尾を出さぬ男だ。

付け馬稼業の強面どもを幾人も飼っており、なかでも、はんざきの竜二という若衆頭は残忍な性質で知られていた。

巻羽織の勘兵衛が敷居をまたぐと、一斉に白い目がむけられた。

かまわずに歩をすすめ、上がり框《かまち》に座る。

板間は能舞台なみに広く、まんなかに帳場格子で仕切った内証があった。

内証に座る番頭は、小狡《こずる》そうな狐顔の男だ。

「これはおめずらしい。臨時廻りの旦那がいったい何の御用でしょう」

「政五郎はいるかい」

「いたら、どうしやす」

「呼んでこい。てめえ、ふざけた口利いてると、しょっ引くぞ」

一発威しをかますと、番頭はものも言わずに席を立った。

それといれちがいに、表口からふたりの男があらわれた。

ひとりは若衆頭の竜二、もうひとりは見知らぬ浪人者だ。

いずれ劣らぬ悪相で、ふだんから三白眼の眸子を逆釣《さかづ》らせている。

「おや、うぽっぽの旦那、何かありやしたかい」

竜二は軽くあしらうように声を掛けてきた。

「はんざきの竜二か、まだ生きていやがったな」

「こいつはご挨拶だぜ」

「竜二よ、てめえに泣かされた連中は数知れねえ。鎌倉河岸の裏店で首を縊った大家夫婦もそうだ」

「ふん、大家夫婦にゃ指一本触れちゃいねえよ。勝手に首を縊っちまったんだ。不浄役人に因縁をつけられちゃかなわねえぜ」

「てめえ、良い死に方はできねえぞ」

「何とでも言いやがれ」

「ひらきなおるのか」

「借りた銭を返えさねえやつが悪い。世の中、そんなに甘かねえんだよ」

「若僧、粋がってんじゃねえぞ」

「ふん、老い耄《ぼ》れめ。あんたの皺《しわ》首を掻くことなんざ、朝飯前なんだぜ」

「やれるもんなら、やってみな」

挑発するのも算盤《そろばん》の内だ。

一触即発になったところへ、政五郎がでっぷりした腹を抱えてあらわれた。

「竜二、すっこんでろい」

竜二はたしなめられ、顔を怒りで真っ赤に染めあげる。

それでも、舌打ちしながら奥へ消えると、怪しげな浪人者もその背にしたがった。

「へへ、旦那、連中を怒らせねえほうがいい。竜二の後ろに控えていた浪人者は武藤誠剛《むとうせいごう》と言いやしてね、尾張あたりじゃ人斬り武藤の異名をとった伯耆《ほうき》流居合の達人でさあ」

「人斬りか、穏やかじゃねえな」

「拾いもんですよ」

「脅す気か」

「いえいえ、そんなつもりは毛頭ございません」

紋付姿の政五郎は、ぱんと膝をたたんで正座する。

「旦那、御用ってのは何です。手っとりばやく済ましていただきやしょうか」

「何をそう焦っておる」

「旦那にゃ関わりのねえこって」

「そうかい。せっかくちからになろうとおもったのに、やめとくか」

政五郎は、きらっと目を光らせた。

「もしや、こっちの事情をご存じだとか」

「おめえが困っているって噂を聞いた。女を捜してんだろう」

「ぬへへ、旦那もおひとがわるい。そいつをさきに仰ってくだせえよ」

「捜しておるのは、夜鷹のおけい。ちがうか」

「そのとおりで。あの女、こっちの飯のたねを盗み、すがたをくらましやがった」

「飯のたねだと」

「貸付証文ですよ」

なるほど、合点がいった。

おけいは何らかの方法で貸付証文を盗み、政五郎たちに追われているのだ。

枚数にすれば二十枚ほどだが、貸付金額をすべて足せば五百両は優に超えるという。

「ほほう、大金じゃねえか。捕まりゃ、首が飛ぶぜ」

「旦那方に捕まえていただけりゃ助かりやすがね、天神屋にでも貸付証文をもちこまれたら、こっちは立つ瀬がねえ」

「天神屋とは湯島の金貸しか」

「さようで」

「なるほど、おめえと天神屋次郎八は犬猿の仲だったな」

「あれだけの貸付証文なら、次郎八は額面の二割で買いやしょう。つまり、女は百両を手にできる。濡れ手で粟《あわ》というわけで」

盗んだ紙切れが大金に変わる。貸付証文にはそれだけの値打ちがあった。

「次郎八にしてみりゃ、咽喉から手が出るほど欲しい代物だわな」

付け馬稼業は生き馬の目を抜くようなところ、競う相手に弱みをみせたら終わりだ。

政五郎は乾分《こぶん》どもを走らせ、天神屋の周辺を見張らせているものの、今のところ、おけいをみつけた者はいなかった。

「ふふ、さすがの地蔵屋政五郎もお手上げってわけだ。ところで、どうやって貸付証文を盗まれた」

「新米の手代が誑《たら》しこまれたんですよ」

「その手代はどうなった」

「聞くだけ野暮なはなしで」

「なぶり殺しか」

「とんでもねえ。ちょいと責めたら、舌を嚙んじまったんです」

手代は責め苦を受け、おけいの名と素姓を明かしたのち、殺されたのだ。

「高利貸しの手代が夜鷹に誑しこまれるたあな、情けねえはなしじゃねえか」

「旦那、あの女はただの夜鷹じゃありやせんぜ。大道芸で七変化を売りにする軽業師だったんでさあ」

「軽業師か」

夜鷹にも粋筋の女にも、自在に化けることができるという。

勘兵衛はふと、おたねの顔をおもいだした。

たしか、姉は行方知れずになったと聞いた。

「地蔵屋政五郎を狙《ねら》うたあ、太え女でやすぜ」

「まったくだ」

恨みかもしれぬと、勘兵衛は察した。

地蔵屋と過去に因縁があり、恨みを晴らすべく、おけいは機会を狙っていたのではあるまいか。

「旦那、そろそろ、女の居所を教えてくだせえよ」

「ただで教えるわけにゃいかねえな」

「そりゃもう、謝礼はたっぷりはずませていただきやすぜ。一本でどうです」

「一本とは」

「百両ですよ」

「気前がいいな」

「体面が懸かっておりやす。あの女、地蔵屋政五郎の顔に泥を塗りやがった。こいつを放っておきゃ、世間から舐められる。いちど舐められたら、この商売は立ちゆかなくなっちまうんだ」

勘兵衛は、ふいにはなしを変えた。

「寒さ橋のしたで、商売女がひとり殺されておった。およりという占い比丘尼だ。そいつにおぼえは」

「ふん、おぼえなぞ、あるわけがねえ」

政五郎は眉をぴくっと吊りあげ、口を真一文字に結ぶ。

嘘を吐いているのがすぐにわかる顔だ。それが確かめられただけでも、足労した甲斐はあった。手下の誰かがおけいを捜しに訪れ、凶行におよんだのかもしれぬ。

「旦那、色比丘尼の一匹や二匹、どうだっていいじゃありやせんか。早く、おけいの居所を」

「ふふ、教えられねえな」

「何だって」

「気が変わった。悪党の片棒を担ぐのはやめだ」

「ふ、ふざけんじゃねえ」

「むきになるなよ。頭に血がのぼって、おっ死んでも知らねえぞ」

「不浄役人め、おれさまを虚仮《こけ》にしやがったな。ただじゃおかねえ」

「どうする。竜二に寝首でも掻かせるか。ためしに、やらせてみるがいい。おれを殺るのは容易じゃねえぜ」

「くうっ、吠え面を掻かせてやるかんな」

政五郎の歯軋りが聞こえてきた。

とりあえず、今日のところはこのくらいにしておこう。

八

二日経っても、おけいの行方は判然としなかった。

軽業師のおけいとおたねは、姉妹であった公算が大きい。

臆測はできても、おたねは旅芸人の一座と奥山から消えてしまい、今となっては確かめる手だてもなくなった。

暮れなずむ芝居町には、茶筅《ちゃせん》売りが鉢を叩きながらうろついている。

福之湯の屋根裏部屋で待っていると、銀次が興奮の面持ちで戻ってきた。

「旦那、遁科屋の素姓がわかりやしたぜ」

「おう、そうか」

「夜鷹屋の元締めに教えてもらいやしてね、まずはこれを」

銀次は懐中から、黄ばんだ紙を取りだした。

「人相書を借りてめえりやした」

「かなり古いものだな」

紙を開くと、兇悪とされる御下知人《ごげちにん》の顔が目に飛びこんできた。

年齢は四十の後半、人懐こそうな丸顔は極悪人とはほど遠い面だ。

「十年もめえの御手配書を、元締めは取っておいでだった。なぜかと理由を訊《たず》ねれば、捕まってねえ御下知人の顔を取っておくのが趣味なんだそうで」

「妙な趣味もあるもんだな」

「元締めは観相をやりやす。観相をやる者にとっちゃ、悪党の顔は垂涎《すいぜん》の代物だそうで」

「ますます、わからねえ」

「へへ、ご覧のとおり、この男は助十《すけじゅう》と申しやす」

いまや、伝説として語りつがれるほどの関所破りらしい。

「逃がしてもらう側にとってみりゃ、神様みてえなもんです。ことに手形のねえ出女《でおんな》にしたら、まさに地獄に仏」

助十というのは、どうやら愛称らしかった。

「こいつが遁科屋なのか」

「元締めの勘でやすがね。なるほど、関所破りと逃がし屋は通じるところがありやす」

「言われてみりゃそうだがな」

根拠としては弱すぎる。

「もちろん、それだけじゃありやせん。元締めはいちどだけ、助十に似た男をみたんだそうです。もう何年もむかしのはなしになりやすが、元締めは古くなった会所の建て直しをやった。そんとき顔をみせた欄間職人が、人相書の男によく似ていたんだとか」

「欄間職人か……ん、待てよ」

勘兵衛は人相書を睨み、記憶の糸を手繰りよせた。

そして、ぱんと膝を叩く。

「担ぎ蕎麦の親爺だ」

「え、誰でやすか、そりゃ」

「およりの屍骸を目にしたあと、おれは寒さ橋で月見蕎麦を食った。そんときの親爺がこいつだ。十の吉で十吉と名乗っておった。ほれ、鼻の脇に黒子もある……くそっ、おけいを逃がしたのは、蕎麦屋の親爺だったのか」

「旦那、今から寒さ橋へめえりやすかい」

「もう遅え。あすこにゃ居ねえさ」

銀次は渋い顔で唸った。

「それにしても、何だって旦那に近づきやがったんだ」

「およりを殺った下手人を、あげてほしかったにちげえねえ」

およりはなぜか、勘兵衛が静に贈った銀簪を所持していた。

銀簪にまつわる因縁を、たぶん、おけいに喋ったのだろう。

そうでなければ、勘兵衛のもとを訪れるはずはないのだ。

おけいは何かのきっかけで、占い比丘尼のおよりと知りあった。ところが、自分のせいで、およりを死なせてしまった。そのことに罪の意識を感じ、勘兵衛を動かそうと画策したのかもしれない。

「おれは祝儀の晩、おけいとおぼしき夜鷹から銀簪を受けとった。野水仙の細工を目にして、奥山へ足をむける気になったのさ。そこに、軽業師のおたねがいた。おたねは自分の姉も水仙が好きだったと抜かし、占い比丘尼のことを告げた。おれはその足で比丘尼のおよりに会うべく、寒さ橋へ出向いた。そこで、腐ったほとけと対面した。冷てえ雨が降ってきてな、土手にのぼると、橋向こうに担ぎ屋台の白い湯気がみえた」

「そいつがぜんぶ、仕組まれたはなしだったと」

「ああ、たぶんな。おれは十吉のはなしぶりから、地蔵屋の連中が殺しに関わっていると察したんだ。ふん、美味え月見蕎麦だったぜ」

「遁科屋がそこまで夜鷹のおけいに義理立てするのは、どうしてでやしょうね」

「わからねえ。そのあたりの事情《わけ》は本人に聞いてみねえとな」

「どうしやす。相手は人逃がしを商売にする遁科屋、容易なことじゃ捜しだせやせんぜ」

「待ってみるか」

「待つ、旦那は遁科屋がすがたをみせると」

「遁科屋はだめでも、おけいのほうはきっとすがたをみせる」

「おけいが」

「ああ、おけいは地蔵屋に恨みがあったのさ。だから、貸付証文を盗んだ。まんまと盗んだまではよかったが、これで終わりじゃねえ気がする」

「天神屋へ売りこむと」

「ほとぼりがさめたころにな」

　地蔵屋の連中を舐めてかかったら、おけいは大怪我をする。しかし、八丁堀まで銀簪を届けにきた娘のこと。捕まったらそれまで、腹を決めて一か八か、走りそうな気もする。

「旦那、どうしやす」

「地蔵屋の動きから目を離さねえこったな」

「承知しやした」

勘兵衛は、おけいか遁科屋が戻ってくるのを期待した。

静に繋がるはなしなら、どんな些細なことでも教えてほしい。

ただ、それだけのために、自分は動いているような気もする。

九

さらに、二日経った。

夜の町に氷雨が降っている。

おけいの行方を求め、足を棒にして歩きつづけた。

月代を濡らしながら地蔵橋を渡っていると、橋向こうの暗闇にぽっと軒行燈が灯った。

ちりんちりんと鈴の音が聞こえ、看板代わりの白い湯気がみえる。

風鈴蕎麦の担ぎ屋台だ。

勘兵衛はおもわず、駆けだした。

屋台に飛びこむと、親爺が親しげに微笑んでみせる。

「旦那、お待ちしておりやした」

「おめえを捜していたんだぜ。まさか、自分からやってくるとはな」

「お察しのとおり、あっしが遁科屋助十でごぜえやす。他人様を逃がす商売なのに、自分の女房にゃ逃げられちまった。とんだ間抜け野郎でして、へへ」

「正直に名乗りゃ、罪を免れるとでもおもってんのか」

「いいえ、あっしはこれまで、崖っぷちに立たされた連中を大勢逃がしてめえりやした。でも、なかにゃ、逃がしちゃならねえ者もあったかもしれねえ。罪の重さは感じておりやすよ」

「打ち首覚悟でやってきたのか、よほどのことがあったな」

「おけいさまが地蔵屋に捕まりやした」

「あんだと」

「おけいさまは天神屋に貸付証文をもちこんだ。無事に手渡せたまではよかったが、地蔵屋の乾分どもに捕まったんです」

銀次が見逃すくらいだから、よほど巧みに捕まえたのだろう。

「おれに助けてほしいのか」

「ほかに頼ることのできるお方もありやせん」

「遁科屋ってのは、そこまで依頼人の面倒をみるのかよ」

「おけいさまは別格でして」

「その、さまってのが気になるな。おめえ、おけいの何なんだ」

「十五年前まで、あっしは星野《ほしの》家の中間《ちゅうげん》でした」

「星野家とは」

「お上の御勘定方であられた星野紋左衛門《もんざえもん》さまにございます」

役料百五十俵の貧乏旗本である。十五年前のあるとき、小普請で無役の朋輩に泣きつかれ、借金の請人になってしまった。朋輩は公金横領が発覚して家門断絶となり、借金だけが宙に浮いた。そこにあらわれたのが、地蔵屋の連中であったという。

「借金は利子がかさんで二百両を超えておりました。紋左衛門さまは進退窮まり、お腹を召したのでございます。奥方さまも潔く咽喉を掻っきられましたが、自刃なさる間際、娘たちだけは何とか生きのびさせてほしいと、御遺言なされました」

当時、星野家には十二歳と五歳の姉妹があった。

「おけいさまと、おたねさまにございます」

渡り中間の十吉に、姉妹を助ける義理はなかった。が、放っておけば、早晩、地蔵屋が借金のかたに連れさってしまう。見捨てるか見捨てぬかは、十吉の胸ひとつに懸かっていた。さんざ迷ったすえ、十吉は姉妹を江戸から逃がしてやることに決めたのだ。

「必死でした。なにせ、お取りつぶしになった御旗本の娘御たちだ。鑑札を取るのは難しい。御公儀の許可なしに、江戸を出るしかなかったのでござります」

三人がむかったのは中山道だった。

板橋宿を越えて高崎城下まで進み、三国街道に折れた。

三国街道から越後にむかおうと考えたのは、十吉の生まれ故郷だったからだ。

出稼ぎの椋鳥《むくどり》として江戸へやってきたのが、いつのまにか居着いてしまった。そして何の因果か、奉公先の姉妹を連れ、命懸けの逃避行をおこなうはめになった。上野国には関所が多く、なかでも金井と吾妻《あづま》川のあいだに設けられた杢《もく》ケ橋《がばし》の関所は、旅人泣かせの厳しさで知られていた。それでも、十吉は十日も懸けて抜け道を探り、大胆にも関所破りを決行した。

そして、難所の三国峠をも越え、越後国に足を踏みいれた。

「何日か経って、長岡城下に着きました。あっしはそこで精根尽きはて、路銀も尽きちまいましてね、たまさか通りがかった旅芸人の親方に、おけいさまとおたねさまを預けちまったんです。恨まれても仕方ねえとあきらめておりやしたが、お別れのとき、おふたりはあっしの手を取って、何度も御礼を述べられました。あっしは涙で目が霞んで、おふたりの後ろ姿を満足に見送ることもできなかった。何で旅芸人に渡しちまったんだろうって、あとになってどれほど悔やんだことか」

悔やみつづけて十数年、十吉は全国の城下町を転々としたが、食えなくなって江戸へ舞いもどり、得意の欄間彫りで生活《たつき》を立てつつ、裏で遁科屋をやりはじめた。

「困った連中があれば、何とか逃がしてやりてえ。おもいついたら矢も楯もたまらず、漁師町で舟を盗みやした。たまさか盗んだ舟が、二挺櫓のきりぎりすだったというわけで」

「きりぎりすか」

この三年だけみても、百組近くは逃がしてきたという。

逃がすさきは房総や浦賀、小田原まで送ったこともあったらしい。

「そうしたおり、何の因果か、浅草の奥山でおけいさまを見掛けやした。おたねさまと軽業を披露されておりやしてね。あっしはたまらなくなって、お声を掛けた。ちょうど、今から一年前にござります。邂逅を喜びあうのもつかのま、おけいさまから、とある企てを打ちあけられやした」

双親の仇《かたき》でもある地蔵屋を、どうにかして懲らしめてやろうという企てだった。

「あっしも地蔵屋には恨みがある。ふたつ返事で乗ったはいいが、いざとなると難しい。おけいさまは夜鷹に身を窶《やつ》して闇に潜まれ、臥薪嘗胆《がしんしょうたん》、機が熟すのをお待ちになった。気づいてみれば、一年が経っておりやした」

ふたりは、練りあげた企てを実行に移した。

手代を誑かし、地蔵屋からまんまと貸付証文を盗みとったのだ。

ところが、予期せぬ事が起こった。

「占い比丘尼のおよりが殺されたことか」

「はい。およりさんは、不思議なちからをおもちのお方でした。手を握っただけで、そのひとの行く末がみえるのだそうです。おけいさまは評判を聞き、どうしても企ての成否を占ってみたいと仰った」

そこで、およりのもとへ行き、手を握ってもらうと、大願は見事に成就されるだろうと予言された。

その替わり、およりから妙なことを頼まれた。

「妙なこと」

勘兵衛はおもわず、膝を乗りだした。

十吉は口が渇いてしまったのか、柄杓《ひしゃく》で水を掬《すく》って呑んだ。

「まるで、死期が近えことを悟っていたかのように、銀簪の由来をおはなしになられたのでやすよ。およりさんは、行き倒れになりかかった四十路の女を助けた。女は小夜と名乗り、安芸の尾道から江戸へ出てきたらしかった。江戸で生まれたはずなのに、生まれてから三十数年の記憶がすっぽり抜けている。およりさんは同情し、しばらくその小夜というお方の面倒をみてやったのだそうです」

数日後に別れるとき、親切にしてもらった御礼にと、小夜は銀簪を差しだした。どうしてもこれだけは肌身離さずに携えてきたが、路銀も尽き、ほかに感謝の気持ちを伝えられるものもない。後生一生の願いだから貰ってほしいと泣いて頼まれ、およりは銀簪を預かったのだという。

勘兵衛は逸《はや》る気持ちを抑え、顎《あご》を突きだした。

「で、それからどうした」

「あっしが聞いたのは、そこまでで」

「そこまで」

「へい」

勘兵衛は、がっくり肩を落とす。

おけいに貸付証文を盗まれたあと、敵の動きは迅速だった。夜鷹の出没しそうなところを片端から当たり、やがて、およりとの関わりが炙りだされた。

「およりさんの無残なすがたをみつけたのは、おけいさまです。あっしは呼びつけられ、橋の下へ降りていった。ほとけを調べてみますと、首筋に殺られた跡がある。舟板のうえに、血の付いた銀簪が転がっておりやした。簪で刺されたのは疑いもねえことだ。おけいさまは自分のせいで、およりさんが殺されたんだと泣きやした」

調べてみると、そのとおりだった。

仲間の夜鷹で、殺しを目にした者があった。

およりを殺めた男は客を装い、おけいの行方を捜しまわっていた。

風体から推すと、若衆頭の竜二にまちがいなかった。

「おけいさまは銀簪を携え、その足で旦那のもとを訪ねると仰いました。どうして旦那なのか理由を問うても、おけいさまは教えてくれません。ただ、銀簪を渡せば、旦那はかならず動いてくれるはずだと、確信を込めて仰いやす。あっしは何度も止めやした。けれども、おけいさまには聞き入れてもらえなかった」

おけいの行動は正しかった。

「あっしは不浄役人てものを信用しちゃおりやせんでした。正義のために身を捧げる十手持ちなぞ、この世にいるわけがねえ。そうおもっていたんだが、旦那だけはちがった。ちょいと調べてみりゃ、すぐにわかりやす。旦那は昼行灯を装っていなさるが、じつは弱え者の味方だった」

大筋の事情はわかった。が、肝心のことはわからない。

勘兵衛は、静のことを知りたかった。

いったい、比丘尼のおよりに何を喋ったのか。

銀簪を手渡したあと、どこへ消えてしまったのか。

おけいなら、何かを聞いているかもしれない。

無論、おけいの身も案じられる。大勢の見物人たちのまえでとんぼを切る健気な小娘のすがたが、まぶたの裏に焼きついていた。

「旦那、後生だ、おけいさまを助けてくだせえ」

十吉に頼まれるまでもなかった。

是が非でも、おけいを救いださねばなるまい。

十

今日は七五三、湯島天神の女坂には晴着姿の幼子たちが大勢見受けられた。

帯解の祝いで産土神《うぶすながみ》へ参る七つの娘たちは、たいてい、白い錘《おもり》頭巾《ずきん》をかぶっている。

父親の肩に担がれた娘たちのすがたは、十数年前の自分と綾乃のすがたとかさなった。

静は娘の帯解をみることもなければ、綿帽子をかぶった花嫁姿も目にはできなかった。

記憶が戻っていたら、さぞ、口惜しかろう。

天神屋次郎八の屋敷は、切り通しの途中にあった。

次郎八も高利貸し、阿漕な手管に掛けては政五郎と五十歩百歩の男だ。

しかし、おけいを救うためには、どうしても次郎八の助けがいる。

勘兵衛は貸付証文を回収し、それらと交換におけいの身柄を貰いうけようと画策していた。

ここは、ひと芝居打たねばならぬ。

「ごめんよ、邪魔するぜ」

勘兵衛は敷居をまたぐなり、朱房の十手を引きぬいた。

応対に出た手代を恫喝し、奥から次郎八を呼んでこさせる。

やがて、ひょろ長い五十男があらわれた。

外見は政五郎と好対照だが、小狡そうな眼差しはおなじだ。

「おや、臨時廻りの旦那、何か御用で」

問われた拍子に裾を捲り、雪駄のまま板間に飛びあがる。

勘兵衛は物も言わずに迫り、次郎八の右腕を捻《ね》じあげた。

「痛っ……な、なにさらすんでぇ」

「うるせえ」

勘兵衛は一喝《いっかつ》し、次郎八を後ろ手に縛って転がす。

目つきの鋭い手下どもが、爪先で躙《にじ》りよってきた。

「じっとしてろい。近づくんじゃねえぞ」

「女から貸付証文を買ったな。そいつをおれに渡せ」

勘兵衛は脅しあげ、次郎八の耳もとに口を寄せた。

「あんだと」

「大声をあげるな、乾分に聞かれるぞ」

勘兵衛は意味ありげに囁《ささや》きかける。

「盗んだ貸付証文で取りたてをやったら、打ち首は免れねえぜ。ただし、今なら許してやってもいい」

「そいつはできねえ。でえち、女に大金を払っちまった」

「その金、熨斗《のし》を付けて返《け》えしてやるよ。素直に聞いてくれりゃ、悪いようにゃしねえ」

「どういうこったい」

「おれが地蔵屋を潰《つぶ》してやる」

「あんだと」

「てめえらみてえな悪党は共倒れになりゃいいとおもっていたが、悠長に構えてばかりもいられねえ。手はじめに、地蔵屋を潰してやる」

「うへへ、おめえさん、何が狙いだ。金か、天神屋次郎八をまるめこむつもりか」

「何とでもおもえ。ともかく、貸付証文を寄こせ」

「旦那が約束を守るって証拠は」

「こいつだ」

勘兵衛は正座し、十手を膝のまえに置いた。

「な、なんのまねでえ」

「十手は同心の魂だ。事が済むまで、こいつを預けておく。どうだ、それで」

「旦那、縄を解いてくれい」

「よし」

言うとおりにしてやると、次郎八は腕を揉んで大袈裟に痛がった。

そして、板間から朱房の十手を拾いあげ、嬉しそうに弄《もてあそ》んでみせる。

「ふへへ、おもしれえ旦那だぜ。わかったよ、貸付証文はくれてやる。そのかわし、約束はきっちり守ってもらうぜ」

「ああ」

次郎八は奥へ引っこみ、黒漆塗りの文筥《ふばこ》を抱えて戻ってきた。

「ほれ、なかにぜんぶ入えってるよ」

勘兵衛は文筥を受けとるや、くるっと踵を返した。

今日は朝からよく晴れている。

沖天《ちゅうてん》の太陽はやわらかな陽射しを投げかけ、小鳥たちが風に乗って気持ちよさそうに飛んでいた。

勘兵衛は文筥を小脇に抱え、大股で紺屋町までやってきた。

辻の陰から、銀次がひょっこりあらわれる。

「旦那、ご首尾は」

「ほら」

文筥を自慢げにみせてやる。

「さすがは旦那、よくぞ次郎八をまるめこみやしたね」

「十手を質草に置いてきたのさ」

「げっ、よろしいんですかい」

「仕方あんめえ、手っとりばやく片づけちまおう」

「それが旦那、おけいは地蔵屋におりやせん。今朝方早く、本所の向こうへ移された様子で」

「本所の向こう」

「十間川を越えた小梅村に百姓家があるそうです。そこに連れこまれたのを、三平が確かめてめえりやした」

「でかしたぞ」

「鯉さまにもご足労願って、張りこんでいただいておりやす」

「鯉四郎が」

「へい、婿さんになってから、旦那がお声を掛けづらそうにしておられたもんで。あっしが……まずかったですか」

「いいや、助かった」

「小梅村は遠い。たどりつくまでに、けっこう時を費やしますよ」

「心配《しんぺ》えするな」

　勘兵衛はさきに立ち、神田川へ足をむけた。

　汀に二挺櫓の舟が繋がれている。

　艫に佇《たたず》む船頭は、十吉にほかならない。

「きりぎりすの野郎か」

銀次がつぶやいた。

頬被りの十吉が、ぺこりとお辞儀をしてみせる。

「旦那、遁科屋の舟で行くんですかい」

「ああ、そうだ。櫓は二挺だが、漕ぎ手はひとりしかいねえ。銀次、おめえが漕ぎ手になってくれりゃ、竪川を疾風《はやて》のように突っきることもできようぜ」

「けっ、腕が鳴りやがる」

「無理はせんでいいぞ。途中で替わってやるからな」

勘兵衛は微笑み、舟端に片足を掛けた。

十一

小梅村の百姓家は合掌造りの立派な家で、周囲には石垣まで積んである。

ちょっとした砦だなと、勘兵衛はおもった。

木陰から様子を窺う鯉四郎は、陽に焼けた精悍《せいかん》な面構えをしている。

この一件に関して勘兵衛から声の掛からなかったことを、どうやら不満におもっているようだった。

「義父上《ちちうえ》、水臭うございます」

「わかった、わかった。それ以上は言うな。銀次にあらましは聞いたな」

「は」

「銀簪の一件だけは、綾乃に黙っておれよ」

「心得てござります」

「ふむ、なればよい。して、相手の数は」

「はんざきの竜二以下、五人。腕の立ちそうな浪人者もひとり、ふくまれております」

「気をつけよ、そやつは武藤誠剛とか申す居合の達人らしい」

「は」

「夜になれば、政五郎があらわれよう。まずはわしが踏みこみ、交渉してみる。連中は貸付証文と交換におけいの身柄を手放す。なれど、十中八九、ここから無事に帰そうとはせぬだろう。ころあいをみて、助っ人にはいってくれ」

「かしこまりました。あの、ひとつお聞きしても」

「何だ」

「助けたおけいと遁科屋の仕置きは、どうされるおつもりですか」

「おけいは盗みをはたらいた。たとい、相手が阿漕な高利貸しであろうと、盗みは盗み、罪は罪だ。無論、盗みを手伝った遁科屋も同罪。しかも、十吉は関所破りの大罪を犯した御下知者にほかならぬ。縄を打ち、白洲に引ったてるのが道理であろうな」

「よいのですか、それで」

「おぬしごときに、とやかく言われる筋合いではない」

勘兵衛に叱責され、鯉四郎は憮然とした顔で黙った。

じりじりとした時が過ぎ、やがて、落陽となった。

霜枯れた刈田は杏子《あんず》色に燃え、一瞬の輝きを放つ。

残照が消えたあとは、徐々に闇が支配しはじめた。

百姓家に灯りが点り、屋根から炊煙が立ちのぼる。

一挺の宿駕籠が、畦道を苦労しながらやってきた。

駕籠の背を跟《つ》けてくる影は、三平のものであろう。

駕籠が家の正面に着くと、竜二以下の手下が出迎えた。

垂れが撥《は》ねあがり、醜く肥えた政五郎がすがたをみせる。

みなに取りまかれ、威張りくさった態度で家に消えていった。

勘兵衛は文筥を抱え、一歩目を踏みだした。

「お待ちを」

振りむけば、鯉四郎が自分の十手を差しだしている。

「義父上、お使いくだされ」

「よいのか」

「無論です」

「ならば、借りておく」

鯉四郎のかたわらでは、銀次と三平が心配そうにみつめている。

勘兵衛は振りかえりもせず、大股で百姓家に近づき、迷うことなく敷居をまたいだ。

「邪魔するぜ」

ひと声掛けた途端、家内に集まったすべての顔が振りむいた。

誰もが唖然とし、ことばを発するのも忘れている。

「て、てめえ」

竜二が口火を切った。

懐中から匕首《あいくち》を抜き、身を寄せてくる。

「待たぬか、はなしを聞け」

落ちついた口調で語りかけると、政五郎がずいと押しだした。

「うぽっぽの旦那、こんなところまで何しに来られたんです」

「政五郎よ、おめえが泣いて喜ぶことをしてやったぜ」

「え」

「こいつだ」

勘兵衛は文筥の蓋《ふた》を開き、中身をみせてやった。

「貸付証文さ。咽喉から手が出るほど欲しいんじゃねえのか」

「そ、それをどうやって」

「天神屋次郎八から奪ってきてやったのさ。こいつと交換に女を返えしてもらうぜ」

「あんだと」

政五郎は肩を怒らせ、凄んでみせる。

勘兵衛は委細かまわず、証文を順に読みはじめた。

「神田佐柄木町《さえきちょう》伊平店《いへいだな》、左官忠七、金三十三両。おなじく神田連雀町長右衛門店、香具師《やし》辰吉、金二十七両、おつぎは日本橋安針町の与兵衛店、大家善左衛門、ほほう、百二十五両かい。こいつは請人だな。とんでもねえ利息を上乗せしやがって。よし」

勘兵衛は一枚目の証文を破り、くしゃくしゃに丸めて口に抛《ほう》りこんだ。

「うわっ、何をしゃがる」

驚いた政五郎を尻目に、ごくっと紙を呑みこんだ。

「げっ、呑んじめえやがった」

「政五郎、てめえがとろいからだよ。さあ、どうする。こっちの大口も呑みこんでやろうか」

「ま、待ってくれ。そいつを返えしてくれ」

「女を連れてこい」

「わかった」

政五郎に顎をしゃくられ、竜二は渋々ながら奥へ引っこんだ。

しばらくすると、雁字搦《がんじがら》めに縛られた女が引きずられてきた。撲《なぐ》られて瞼《まぶた》を腫《は》らしているが、祝言の晩に訪れた夜鷹にまちがいない。

「おけいか」

名を呼ぶと、女は顔をあげた。

勘兵衛に気づいてはっとし、下をむいてしまう。

銀簪を餌として使ったことに、やましさを感じているのだ。

「縄を解け」

勘兵衛の指示を、政五郎は渋々ながら認めた。

縄を解かれた途端、おけいは三和土《たたき》に座りこむ。

「政五郎よ、ずいぶん痛めつけてくれたな」

「ふん、生きているだけましだろうよ。文筥を置いて、さっさと連れていきな」

「そうはいかねえ。女は金を携えていたはずだぜ。天神屋の支払った百両だ、そいつをよこせ」

「なあんだ、狙いは金じゃねえか。やっぱし、てめえも腹黒え不浄役人なんだな」

「ごたごた抜かすな、早くよこせ」

乾分のひとりが、薄汚れた風呂敷包みを提げてきた。

開かせてみると、小判が何枚も無造作《むぞうさ》に入れてある。

勘兵衛は目勘定で数を確かめ、風呂敷に包ませた。

「おけい、そいつを手にして戸口へむかえ」

おけいは何とか起きあがり、命じられたとおりに風呂敷を手にすると、ふらつきながらも戸口へすすんだ。

政五郎が口端を吊りあげ、薄く笑う。

「へへ、これでいいだろう。文筥をよこしやがれ」

「ああ、くれてやるさ」

勘兵衛は後じさりし、戸の手前で文筥を宙高く抛りなげた。

「ほれよ」

細かく千切られた貸付証文が紙吹雪となり、天井から降ってくる。

「こ、この野郎、騙しやがったな」

「阿呆め、騙されるほうがわるいわい」

勘兵衛は捨て台詞を残し、おけいの手を握るや、戸の外へ躍りだす。

と、そこへ。

武藤誠剛が、猛然と斬りかかってきた。

「くりゃ……っ」

おけいを背に庇《かば》い、十手で一撃をはねあげる。

火花が散り、武藤は二の太刀を浴びせてきた。

勘兵衛は地べたに転がり、臑《すね》めがけて十手を繰りだす。

「ほっ」

武藤は飛びのき、ひらりと地に降りた。

背後の戸が蹴破られ、血の気の多い連中が飛びだしてくる。

「老い耄れ同心め、逃げられるとでもおもうたか」

呵々《かか》と嗤《わら》う政五郎の脇から、匕首を構えた竜二が顔を出す。

だいじな銀簪を使い、比丘尼のおよりを殺めた男だ。

怒りが沸々《ふつふつ》とわいてきた。

「竜二よ、てめえだけは許さねえぞ」

「腑抜けたことを抜かしやがる。飛んで火にいる何とやら、そいつはおめえのこったぜ」

「どうかな」

天空には月が皓々《こうこう》と輝いている。

背後から、尋常ならざる殺気が迫ってきた。

武藤が刃を鞘《さや》に納めたまま、躙りよってくる。

「竜二、こやつはわしの獲物、手出しは無用だ」

満々たる自信が、人斬りと呼ばれる男の五体に漲《みなぎ》っている。

「不浄役人め、死ぬがよい」

月を背負った人影が、すうっと滑るように動いた。

十二

――ぎゅん。

一本の小太刀が、唸りをあげて飛んできた。

「ぎぇっ」

やにわに、武藤が地べたに倒れふす。

右肩には深々と、小太刀が突きささっていた。

十間ほど離れた木陰から、大きな人影が躍りでてくる。

「うえっ、もうひとりいやがった」

乾分どもは浮き足立ち、右往左往しはじめた。

竜二だけは匕首を握り、勘兵衛の左胸に狙いをつけている。

「死にさらせ」

鋭い踏みこみから、匕首が突きだされた。

勘兵衛は予期している。

袖をひるがえし、軽々と匕首を躱《かわ》した。

渾身《こんしん》の力を込め、鉄の十手を振りはらう。

「ほげっ」

竜二は頬桁《ほおげた》を砕かれ、藁《わら》人形のように吹っ飛んだ。

「ふおっ」

鯉四郎は抜刀し、峰に返して乾分どもを叩《たた》きふせてゆく。

人斬り武藤は起きあがったものの、利き腕が使えない。

もはや、鯉四郎の敵ではなかった。

――ぶん。

刃音とともに、長尺刀が闇を裂く。

「ぬひぇっ」

武藤は月代を割られ、昏倒するしかなかった。

「くそったれ」

政五郎は、あたふたと踵を返す。

正面には、銀次と三平が待ちかまえていた。

銀次はさっと身を寄せ、十手の柄頭《つかがしら》で鳩尾《みぞおち》を突く。

「ぐふっ」

政五郎は膝を屈し、激しく嘔吐《おうと》しはじめた。

「銀次、そいつを踏んじばれ」

興奮が醒めやらぬせいか、勘兵衛の声はいつもより疳高《かんだか》くなった。

悪党が束にまとめて縄を打たれたあと、勘兵衛はおけいにむきなおった。

「終わったぜ、望みどおりになったんじゃねえのか」

「旦那、わたしにもお縄を」

おけいは弱々しく、両手を差しだしてみせた。

鯉四郎も銀次も動きを止め、じっとこちらをみつめている。

わずかな間ののち、勘兵衛は口をひらいた。

「おめえが天神屋から掠《かす》めとった百両は、言ってみりゃ盗み金だ。そいつはこっちに返えしてもらわなくちゃならねえ」

「仰るとおりにございます」

おけいは、風呂敷包みを差しだす。

勘兵衛は肩の力を抜き、ほっと溜息を吐いた。

「おめえのおかげで、阿漕な高利貸しをひとつ潰すことができた。ま、考えようによっちゃあ、盗みも方便だったってことかもな」

「え」

「おめえに縄は打てねえよ」

「そ、そんな」

「たったひとりの妹が無事を祈っているはずだぜ。帰えってやんな、きりぎりすの親爺に送ってもらえばいい」

「旦那」

おけいは目に涙を溜め、顎をわなわな震わせる。

勘兵衛は、頬をぐっと引きしめた。

「おけい、おめえにひとつ聞きてえことがある」

「何でしょう」

「まあ、歩こう。道々、聞かしてくれ」

冷静を装いつつも、胸の高鳴りをおぼえた。

ひょっとしたら、静の消息を知ることができるかもしれぬ。

期待が膨らめばそれだけ、不安も増してゆく。

おもいきって、勘兵衛は尋ねてみた。

「銀簪のことさ。おめえは死んだおよりから、はからずも銀簪を託されることになった。およりは、いってえ、おめえに何を喋ったんだ」

「およりさんは旦那のお名を口にされ、銀簪は旦那の奥方さまから預かったものだと仰いました」

「そ、そうか」

「はい。昨年の文月二十六夜、およりさんは小夜というお方に請われ、小舟を漕いで高輪の浜辺をめざしたのだそうです。どなたに逢いにゆくのかと問うたところ、そのお方は夫のもとへ戻るのだと応えたとか」

「夫のもとへ戻る。まことに、そう応えたのか」

「はい、およりさんにはそう聞きました」

「それから、比丘尼は何を、おめえに何を告げたのだ……」

勘兵衛は立ちどまり、おけいの肩をつかんで激しく揺すった。

すぐさま我に返り、後ずさって頭をさげる。

「……す、すまぬ」

「いいんですよ。旦那のお気持ち、わかるような気がいたします。小夜さまは記憶を無くした可哀相なお方と聞きました。何かの事情があって、旦那と生き別れになっちまったんだろう。そんなふうに、勝手に想像しておりました」

「比丘尼は、ほかに何か言わなんだのか」

「はい。ただ」

「ただ」

「いつか、旦那とそのお方が邂逅できるような気がすると、わたしの手を握って仰いましたよ」

「そうか」

「がっかりなされましたか」

「気にするな、おめえのせいじゃねえ」

「旦那を巻きこんじまって、わたしはほんとうに悪い女です」

「構やしねえさ。おめえは本懐を遂げるために、他人にゃ言えねえ苦労をかさねてきた。おめえの執念がお天道様に通じたのさ」

「そうでしょうか」

「ああ、そうにきまっている。おめえはまだ若えんだ、これからは自分の幸せを探すんだな」

竪川の川筋に、一艘のきりぎりすが待っていた。

船頭の十吉が頬被りをはずし、腰を折ってお辞儀をする。

「旦那、ありがとう存じます。おけいさまも、ご無事でなにより」

「十吉」

おけいは微笑みを返し、戸惑うように足を止めた。

「旦那、ほんとうにこのまま、行っちまってもいいんですか」

「ああ」

勘兵衛は顎を撫でまわし、十吉のほうを睨みつけた。

「遁科屋助十、おれはおめえを許したわけじゃねえ。おめえが逃がしたやつのせいで、請人の大家夫婦は首を縊っちまったんだ」

「へい。罪深えことをしちめえやした」

「ただな、世の中にゃ、死ぬか逃げるか、ふたつにひとつしか道のねえ連中もいる。どっちを選ばせるかと聞かれたら、おのずと応えは決まってくらあ。やっぱし、遁科屋という商売は無くしちゃならねえのかもな」

「旦那」

「明日になりゃ、気が変わるかもしれねえ。二度と、おれの目に触れちゃならねえぜ。さあ、どこへなりとでも行きやがれ」

勘兵衛はおけいの背中を押し、舟に乗せてやった。

二挺櫓の細長い舟を、十吉は器用に漕いでゆく。

水脈《みお》が暗闇に閃《ひらめ》いた。

おけいは、いつまでも頭を垂れている。

――ぎいす、ぎいす。

櫓の音は遠ざかり、静かに消えてゆく。

「きりぎりすか」

勘兵衛は小石を拾い、ひょいと投げた。

川面の月は波に揺れ、きれぎれに壊れてしまう。

そしてまた、丸みを帯びた月に戻り、突如、群雲に隠された。

凍りつくような風が吹き、やがて、白いものが落ちてくる。

「初雪だな」

勘兵衛は真っ白な息を吐き、冷たくなった両手を温めた。

かじけ鳥

一

雪がちらついている。

師走、十三日の煤払《すすはら》いも過ぎた。

寺社境内では歳の市がはじまり、御神酒徳利や門松や注連《しめ》飾りといった正月の縁起物を威勢の良い掛け声とともに売っている。越前や越後から出稼ぎにやってきた椋鳥《むくどり》たちも、暮れの買いだしや飯炊きなどで忙《せわ》しない。こうして、債鬼の駆けずりまわる大晦日《おおみそか》の夜更けまで、落ちつかない日々がつづくのだ。

地に舞いおりた雪は溶けもせず、庭の片隅に小さな花を咲かせている。

麗しげに俯《うつむ》く白い花は、野辺にて摘んで植えつけた水仙であった。

気高い花の香りを、竜閑橋のそばに立つ迷子石のあたりで匂《か》いだ。でも野水仙はどこにも咲いておらず、不思議におもったことがあった。

市中の喧噪《けんそう》とはうらはらに、家のなかは閑《のど》かなものだ。

綾乃のいない暮らしにもようやく馴れてはきたものの、ふとした拍子に呼びかけ、はっとすることもある。

嫁いださきの末吉家は目鼻のさきなのに、娘との隔たりは何百里もあいてしまったようだ。娘が他家へ嫁ぐというのは、こういうことなのだろう。ひとり残された者にとって、住み慣れたはずの家は広すぎる。

溜息《ためいき》を吐《つ》き、酒でも呑《の》もうかと腰をあげた。

するとそこへ、男の悲鳴が聞こえてきた。

「ひぇええ……やめろ、やめてくれ」

表の治療部屋からだ。

喧嘩で怪我を負った手合いであろう。

しばらくすると、仁徳が返り血を浴びた顔でやってきた。

「ふん、指の一本や二本無くしたくれえで、若え男がひいひい泣きやがる。みっともねえはなしだぜ、世の中仕舞えだな」

「喧嘩ですか」

「ああ、往来で肩が触れたの触れねえの、くだらねえことにいちいち目くじらを立てておったら、指が何本あっても足りぬわ。ふん、けったくそわりい。うぽっぽ、酒くれ」

面倒臭そうに奥へむかうと、仁徳は「ぬがっ」と鼻を鳴らした。

「燗酒の支度くれえしとけ。綾乃がおらぬと不便でしょうがねえな」

「文句を言うなら、ご自分でどうぞ。安酒でよろしければ、行水するほどありますから」

「歳暮の品か」

「ええ」

「袖の下を受けとらねえおめえでも、安酒は断れねえか、ふん」

「こっちの留守を狙って、勝手に置いてゆくんですよ。いちいち返すのも面倒でね」

「言っとくがな、わしゃ安酒は呑まぬぞ。伊丹の下り酒があったじゃろう、あれを出せ」

「まるで、茶坊主あつかいだな」

「どうせ、暇を託《かこ》っておるのじゃろうが」

仁徳の皮肉を聞きながし、人肌につけた燗酒と蕪《かぶ》の漬物を縁側にはこんだ。

たがいに酌をしあい、温かいものを胃袋に流しこむ。

「ぷはあ、ひとの命を救ったあとの一杯は美味《うめ》えなあ」

「また皮肉ですか」

「考えてみりゃよ、医者と十手持ちは水と油みてえなものさ。医者はひとの命を救い、十手持ちは命を奪おうとする」

「命を奪うためではなく、罪を償わせるために捕まえているのですよ」

「けっ、わかったふうなことを抜かしやがる。どんな悪党の命でもな、ひとの命であることにかわりはねえんだよ」

屁《へ》理屈だとおもいつつも、面倒なので言いかえさない。

仁徳は渋い顔で酒を舐《な》め、得々と喋《しゃべ》りつづけた。

「十手持ちほど因果な商売もあるまい。誰かを獄門台に送るべく、一年じゅう、汗を掻《か》かなくちゃならねえんだ。この寒空の下、捕まえた野郎が刑場の露と消えてゆく。そうおもえば、酒も不味《まず》くなるだろうさ」

ふだんから絡み酒だが、今日はいつにもまして絡んでくる。

「わしゃ虫の居所がわるいんじゃ。三日前の夕暮れ、白塗りのおなごがおぬしを訪ねてきよった」

「白塗りのおなご」

「年の頃なら三十代のなかば、うらぶれておったが芯《しん》の強そうなおなごでの、聞けば上方の岡場所に長くおったらしい」

勘兵衛は聞くともなしに聞いていたが、仁徳の吐いたつぎの台詞《せりふ》に驚愕した。

「小夜という女の消息を知っておるそうじゃ。それをおぬしに伝えてくれと抜かしての、うっかり忘れておったわ」

「なにっ、忘れておっただと」

勘兵衛は怒りに顎《あご》を震わせ、仁徳を睨《にら》みつけた。

「小夜という名に心当たりが無いとは言わせぬぞ」

「ぴんときたさ、静のことじゃとな」

「ならば、なぜ」

「ふん、亭主と乳飲み子を捨てた女の消息など、どうでもよいわ」

「勝手なことを抜かすな」

勘兵衛は激昂《げっこう》し、拳で床を叩《たた》きつけた。

仁徳は怯《ひる》みもせず、平然とぐい呑みを呷《あお》る。

「わしが憎いか。撲《なぐ》るなら撲れ」

「くそっ」

震えた拳を引っこめると、藪《やぶ》医者は舌打ちをした。

「ちっ、撲る根性もねえくせに」

撲るよりも斬りたい気分だ。

「されば聞くがな、静と邂逅《かいこう》してどうする気じゃ。ここでともに暮らすのか。そんなことが許されるとおもうのか」

世間は許すまい。仁徳が怒るのもわかる。

静は妻と母の役目を棄て、理由も告げずに失踪した。

たとい、どのような理由があろうとも、許されるはなしではない。

だが、勘兵衛は心のなかで、疾《と》うのむかしに許していた。なぜなら、どうしようもない孤独を癒してくれる相手は、静をおいてほかには考えられないからだ。

無論、二十年の空白は、関わったすべての者にとって重すぎる。

邂逅できたとしても、いっしょに暮らせるかどうかはわからない。

さきのことなど、誰にもわからないのだ。

ただ、今は帰ってきてほしい。

生身のからだを、骨が軋《きし》むほど抱きしめてやりたかった。

切実な気持ちを伝えるべく、迷子石にも言伝を残してきた。

——静、帰ってこい。

仁徳に何を言われようとも、逢いたいという意志が揺らぐことはない。

「甘いのう。だいいち、静自身が許してほしくないにきまっておろうがよ」

そうかもしれぬ。しかし、逢えなかった時の長さが、わだかまりを氷解してくれるような気もする。

神仏に許しを請うことに疲れたら、静はかならず帰ってきてくれるにちがいない。

そうであってほしいと、勘兵衛は心底から願った。

一抹《いちまつ》の後ろめたさを感じたのか、仁徳がぼそっとつぶやいた。

「白塗りのおなごは、駒込の世尊院にある岡場所の女じゃった。名はたしか、おくみというたか」

勘兵衛は黙って奥へ引っこみ、旅支度をととのえた。

駒込にたどりつくころには、陽も大きくかたむいていよう。

今宵は街道沿いの旅籠《はたご》に泊まる公算が大きい。手甲脚絆《てっこうきゃはん》に菅笠まで用意し、振りわけの行李には雑多な泊まり道具を詰めこんだ。

「やい、うぽっぽ。役目はそっちのけか」

仁徳の問いかけを無視して玄関にむかい、金剛草履の紐《ひも》をきゅっと締める。

「ふん、勝手に行くがいい、どこへなりとでも行っちまえ」

憎々しげな台詞を背中で聞きながし、仏頂面の勘兵衛は家を飛びだした。

二

低く垂れこめた雪雲の縁が、茜《あかね》色に染まっている。

頬を撫《な》でる風は冷たく、勘兵衛の気持ちを萎えさせた。

街道をたどって本郷の加賀藩邸を通りすぎ、中山道と日光街道の追分も過ぎて、白山権《はくさんごん》現《げん》の門前町から道を北東へ逸《そ》れる。

さらに、寺院の連なる坂道をすすめば、右手に世尊院の門前がみえてくる。

高みの山門にいたる急坂は団子坂といい、横町は淫靡《いんび》な雰囲気につつまれている。軒行燈をぶらさげた切見世《きりみせ》の安女郎たちは、坂名にちなんで団子女郎などと呼ばれ、小莫迦《こばか》にされていた。

勘兵衛は切見世のひとつに顔を出し、おくみの居場所を尋ねた。

何人かに尋ねてみたものの、怪訝《けげん》な顔をさせるだけで埒《らち》があかない。

源氏名を名乗っているのかもしれぬと気づき、抱え主の所在を訊《き》いてみた。

抱え主は名をおたまといい、門前で「亀玉《かめだま》」なる料理屋をやっているという。

そちらに足をむけてみると、見世はけっこう繁盛していた。

暖簾《のれん》にも「すっぽん」とあるとおり、精のつくすっぽん料理を食わせるところらしい。

紺染めの暖簾を振りわけると、敷居の内は広く、旅籠のようなつくりになっていた。

下足番まで置かれており、草鞋《わらじ》を脱いで座敷で食わせる仕組みのようだ。

「ずいぶん格式が高えな」

上がり框《かまち》に座って旅装を解くと、垢《あか》抜けない小女が漱《すす》ぎ盥《だらい》をはこんでくる。

足を洗ってもらいながら聞けば、旅籠もやっているのだと、小女は応じた。

奥の座敷に通されると、注文もしないのに酒肴《しゅこう》が出された。

挨拶にあらわれた女将《おかみ》は、福々しい四十年増だ。

すっぽん屋の女将らしく、肌はすべすべしている。

「亀玉のおたまにござります。ようこそ、おいでくださりました」

女将は三つ指をつき、潤んだ眸子《まなこ》をむけてきた。

勘兵衛は空咳を放ち、酒肴の膳に目を落とす。

「女将、おれはな、すっぽんを食いにきたわけじゃねえんだ。ちと、訊きてえことがあってな」

「承知しておりますよ」

「ん」

なぜかと理由を問うまえに、おたまは勝手に喋りだす。

「権現の守三《もりぞう》親分におはなし申しあげたとおりにございます。天地神明に誓って、これっぽっちも嘘は申しません」

「女将、守三というのは白山権現の裏に住む岡っ引きのことかい」

「さようにございますよ。あら、親分さんからは何も」

「聞いてねえな」

「されば今いちど、おはなし申しあげましょう。守三親分のご推察どおり、絵師を殺《あや》めたのはたぶん、甚平《じんぺい》にございますよ。ええ、あたしが遊女屋の雑用をやらせている消炭《けしずみ》でしてね、三年前に越後の在から食いにきた椋鳥ですよ。木訥《ぼくとつ》な小心者でしてね、どうしてあんな大それたまねをしちまったのか、はっきりとはわかりません。でもやっぱり、おくみを実の姉のように慕っていたからだろうって、それしかおもいあたらないんです。大きい声じゃ申しあげられませんけど、あたしに言わせりゃ、よくぞ敵討ちをやってくれたと、甚平を褒《ほ》めてやりたいくらいなんですよ」

「女将、ちと待て」

「何かご不審でも」

「おくみというのは、上方から流れてきたおなごのことか」

「ええ、ちょうど一年前になりますか。すぐそこにある天栄寺の青物市場《やっちゃば》で腐った大根を抱えてねえ、小鳥みたいにがたがた震えていたんですよ。見るに見かねてあたしが引きとり、食べ物と着る物を与えたら、飯盛女をやらせてくれと泣きつかれましてねえ。事情を聞けば、上方の色街を転々としていたって言うじゃありませんか。旦那はお叱りになるかもしれませんけど、こちとら猫の手も借りたいときでしたからね、切見世をひとつ預けてやったんですよ。だいぶ薹《とう》は立っておりましたが、あれだけの縹緻《きりょう》ですから、すぐにこの界隈で評判が立つほどの人気者になりましてね。ええ、瓢箪《ひょうたん》から駒ってのは、まさにこのことで」

「おれはな、そのおくみに会いにきたのさ」

「へ」

　おたまは呆気にとられ、口を閉じるのさえ忘れてしまう。

「どうした、女将」

「どうしたって、旦那、おくみは死んじまったんですよ」

「なんだと」

「あれ、その一件でみえられたんじゃ」

「ちがう」

勘兵衛は、苦い顔で首を振った。

「くそっ」

よくよく運がない。殺しがあったのは昨晩のことだった。

「絵師に首を絞められたんだろうって、守三親分も仰《おっしゃ》ってましたよ。なにせ、長谷川孤《はせがわこ》舟《しゅう》っておひとは酒癖のよろしくない御仁でね、ちょいと気に入ると、女たちに片端から身請けしてやると囁《ささや》くんです。おくみは与太話を真に受け、あげくに殺されちまったんだ。可哀相に」

ようやく、事情が呑みこめた。

おくみの殺された場所は切見世ではなく、女たちが上客に誘われたときに使用する曖昧《あいまい》屋の二階だった。曖昧屋とは雑貨屋の体裁をとりつつも、二階を待合がわりに提供する見世のことだ。商売女たちに重宝がられており、おくみもそこで絵師と頻繁に逢瀬をかさねていたという。

曖昧屋の持ち主はおたまにほかならず、耳の遠い老婆に留守番をさせていた。老婆は夕刻から一階で眠りこけ、二階でおこなわれていることに気づかなかったらしい。ただ、夜遅く、消炭の甚平が死人のような蒼白い顔で勝手口から出てゆくのを、たまさか見掛けていた。

おくみが殺められたのち、時を置かず、絵師の孤舟が団子坂下で殺された。

岡っ引きのはなしによれば、孤舟の左胸には出刃庖丁が刺さっていたという。

その場の情況から推しても、甚平が疑われるのは無理もないはなしであった。

「女将、おくみの屍骸はどうした」

「それが、権現さんの自身番に置かれたままなんですよ。守三親分が調べたいことがおありとかで。あたしゃてっきり、旦那もそちらからお見えになったものとばかり」

勘違いしてくれたことで、はなしの大筋は呑みこめた。

おくみと会えなかったことがどうにも口惜しいものの、仁徳を恨んでも後の祭り、死人は戻ってこない。

「旦那、どうなさるんです」

「どうとは」

「この一件、お調べになられるので」

「乗りかかった舟だからな」

「なぜ、おくみを捜しておられたのですか」

「三日前、おれを訪ねて、わざわざ八丁堀まで足をはこんでくれたのさ」

「まあ」

「とあるおなごの消息を報せてくれるためだ。たぶん、足を延ばしたのは、悩みに悩んだすえのことだったにちげえねえ」

「きっと、そうですよ。岡場所の女にとって八丁堀は鬼門、勇気のいったことでしょう」

「女将は聞いておらぬか、小夜という四十年増のことだ」

「さあ、おくみは口数の少ない娘でしたからねえ」

「そうか」

勘兵衛は、がっくり肩を落とす。

おたまは頬を艶《つや》めかせ、探るように顔を覗《のぞ》きこんできた。

「旦那。こんなときに何ですが、すっぽん鍋はいかがです」

「ありがとうよ。食いてえのは山々だが、つぎの機会に取っとこう」

「さようですか」

「邪魔したな」

荼毘《だび》に付されるまえに、おくみの顔を拝んでおきたい。

勘兵衛は盃の底に残った酒を干し、重い腰をもちあげた。

三

白山権現は中山道沿いにある。

門前界隈は隠し町として知られ、世尊院の周辺よりも商売女の数は多い。

自身番は権現に隣接する浄雲寺の坂下にあった。

「ごめんよ、誰かいるかい」

腰高障子を引きあけると、半睡眸子に迎えられた。

「よう、守三、久しぶりだな」

「これはこれは、うぽっぽの旦那」

権現の守三は褞袍《どてら》を羽織り、丸火鉢を抱えていた。

頰髭を生やした荒々しい面立ちの四十男で、いまだ独り身らしい。親の代から十手を預かり、地元の揉め事を片づけてきた。銀次もよく知っている。不器用だが、きちんと仕事のできる男との評判を聞いたことがあった。

「旦那、どうしてこちらに」

「事情があってな、亀玉の女将に聞いてやってきたのよ。まずは、ほとけの顔を拝ましてくれや」

「こちらへどうぞ」

おくみの遺体は土間ではなく、奥の板間に安置されてあった。

仕切りの板戸を開くと、もわっと異臭が襲いかかってきた。

ほとけは莚《むしろ》のうえに寝かされ、白い布で顔を覆われている。

守三は屈んで手を合わせ、布を取りはらった。

「首を絞められちまったんですよ」

「金瘡《きんそう》は」

「ありやせん」

ほとけの顔は穏やかだが、色の失せた唇《くち》もとは何も語ってくれない。

生きていてくれさえしたら、静の消息を聞くことができたかもしれぬのに。それをおもうと、かえすがえすも口惜しかった。おくみを手に掛けた者への怒りが、沸々《ふつふつ》とわいてくる。

「守三よ、絵師の孤舟ってのはどんな男だ」

「馴れねえ大金を手にしたもんだから、図に乗っておりやしたよ。根は貧乏絵師でやすから、格式の高え遊郭で大尽遊びをやる根性はねえ。毎晩のように、おくみのような安女郎を漁っていやがった」

「どうやって大金を手に入れたのだ」

「絵師の分際で絵草紙を書きやがって、そいつが大当たりしちまったんで」

「ほう」

「思川闇道行《おもいがわやみのみちゆき》、そいつが絵草紙の題名でやす。旦那もお聞きになったことはおありでしょう」

「ああ、芝居にもなったな」

若い僧と薄幸な遊女の酬《むく》われぬ恋を描いたものだ。

男女の仲が表沙汰になり、女犯の禁を破った若い僧は廓《くるわ》の用心棒から両目を刳《く》りぬかれる。寺からも放逐されたあげく、物乞いの道心者になったが、旅の途中で地方の岡場所に鞍替えさせられていた件《くだん》の遊女と運命の再会を果たす。再会を喜んだのもつかのま、生きることに絶望したふたりは手と手を取りあい、凍てついた冬の川へ沈んでしまう。

実話を下敷きにした心中話は、三座の皐月《さつき》興行に掛かって大好評を博した。

長谷川孤舟は絵師としてかなり知られた男でもあったが、別の筆名で書いた絵草紙が大当たりし、版元から湯水のように借金ができる立場になっていたらしい。

「おくみは一糸纏《まと》わぬすがたで、ほとけになっておりやした。へい、曖昧屋の二階でやすよ。畳のうえに、こいつが散らばっておりやしてね」

守三の差しだした欠け椀《わん》の底には、きらきら光る断片が貼りついていた。

「金銀の箔《はく》でやす、こいつを何に使ったんでやしょう」

「ふうむ」

勘兵衛は腕組みで唸《うな》った。

この一件は存外に奥が深そうだなと直感した。

「おくみを殺《や》ったのは絵師だと言ったな。誰かみた者は」

「殺しをみた者はおりやせん」

「おめえ、甚平とかいう消炭を追っているんだろう」

「へい。甚平にゃ絵師殺しの疑いが掛かっておりやす」

「絵師殺しも、みた者はいねえはずだ」

「へい。でも旦那、留守番の婆さんは曖昧屋の勝手口から逃げだす甚平をみておりやす。絵師の左胸にゃ出刃が刺さっておりやした」

「絵師がおくみを殺し、頭に血をのぼらせた消炭が絵師を殺した。そいつが、おめえの描いた筋書きか」

「ま、そういうこって。なにしろ、甚平は行方をくらましやがった。そいつが何よりの証拠でやすよ」

「なるほど」

「旦那はどうなされやす。消炭の行方を追いやすかい」

「そうだな」

おくみは静の消息について、甚平に何かを告げていたかもしれない。

まだ一縷《いちる》の望みはある。

「守三、おれでもいいのか」

「いいもわりいもありやせんや。岡っ引きは旦那方のご指示にしたがうしかねえ」

「建前はそうだがな、おれはあんまり小遣いを出せぬぞ」

「存じておりやす。うぽっぽの旦那は毒水に浸かってねえ、今どき貴重なお方だってね、もっぱらの評判でやすよ」

「莫迦にしておるのだろうが」

「いいえ。あっしは旦那をお慕いしておりやす。それに、銀次のおやっさんにゃ、常日頃からお世話になっておりやすもんで、へへ」

守三は照れたように笑う。

「旦那、じつは、甚平の足取りはあらましつかんでおりやしてね」

「そうか」

「へい、板橋宿の木賃宿に潜っているようなんで。旦那にご足労いただくのも恐縮でやすが、よろしけりゃ今からご案内いたしやす」

「ありがたい。ところで、ほとけはどうする」

「無縁仏として、葬らしていただきやす」

「手数を掛けるな」

　勘兵衛は、ぺこりと頭をさげた。

「や、やめてくだせえ。旦那のなさることじゃありやせんぜ」

「おくみがな、どうも他人にはおもえぬのだ」

「何を仰いやす。でえち、会ったこともねえんでしょう」

「おくみは、おれを訪ねてきてくれた。八丁堀に来たときは、膝が震えたにちげえねえ。そんなおもいまでして会いにきてくれたおくみに、おれは成仏してほしいのさ」

　見掛けに寄らず感激屋らしく、守三は洟《はな》を啜《すす》りあげる。

「へへ、旦那は噂どおりのおひとだ。この一件が解けるまで、とことんごいっしょさせていただきやすよ」

　権現の守三は番太郎を呼びつけ、遺体の番を命じた。

ふたりは湯漬けで腹を満たし、自身番をあとにした。

四

板橋宿は平尾、中、上の三宿からなり、中宿と上宿の狭間に石神井川《しゃくじいがわ》が流れている。石神井川に架かる木橋を板橋と呼び、それが宿場名になった。

本陣は中宿にあり、問屋場《といやば》には常時五十有余の伝馬と人足たちが待機している。四宿《ししゅく》のひとつだけあって、年じゅう賑《にぎ》わっていた。平尾宿の一里塚を越えると、旅人はすぐさま留女《とめおんな》に袖をつかまれてしまう。役人だろうと何だろうとお構いなし、ずらりと軒を並べた旅籠のひとつへ誘いこもうとするのだ。

勘兵衛と守三は留女を避けて中宿まですすみ、中程度の旅籠に腰を落ちつけた。

ただし、目指すところは川向こうの上宿、そちらには岩の坂の大木戸を囲んで宿賃の安い商人宿や木賃宿が集まっている。

「甚平のやつ、どこかの木賃宿へ潜りこんだにちげえねえ」

守三は旅装を解くと、さっそく川向こうの探索に出掛けた。

勘兵衛は旅籠の下駄をつっかけ、ふらふらと色街へむかう。

軒行燈に飾られた横町には、白塗りの女たちが待っていた。

「旦那、ひと切りだけいかがです。お安くしときますよ」

巻羽織は着ておらぬが、小銀杏髷《こいちょうまげ》をみれば役人と判別できる。

はっと気づいた女たちは、そそくさと暗がりへ逃げていった。

四つ辻を曲がったところで、ふと、勘兵衛は足を止めた。

路地の狭間から、三味線の音色が聞こえてくる。

流しの爪弾く三味線だ。

じっと耳をかたむける。

三下がりの調子で伴奏がはいり、うら悲しい唄が響いてきた。

「……夫に別れ子に別れ、もとの信太《しのだ》へ帰らんと、心の内におもえども、いて待てしばしわが心、今生の名残りに今いちど、童子に乳房をふくませて、それより信太へ帰らんと、保名《やすな》の寝つきを窺うて、差し足抜き足忍び足、我が子の寝間へと急がるる……」

唄というよりも、語りである。

かぼそい女の声は切れ切れにつづき、単調な節で三味線の伴奏がはいった。

「……母は信太へ帰るぞえ、母は信太へ帰りても、今にまことの葛葉姫がお出でぞえ、葛葉姫がお出でても、かならず継母とおもうなよ、でんでん太鼓もねだるなよ、蝶々《ちょうちょう》とんぼも殺すなよ、路地の植木もちぎるなよ、近所の子らも泣かすなよ、行燈障子も舐めきるな……」

　母子生き別れの物語であろうか。

　三味線と唄が、ぷっつり途切れた。

　黒板塀のつづくさきに手燭《てしょく》が翳《かざ》され、粋筋風の女将がひょいと顔を出す。

「瞽女《ごぜ》さん、ちょいとひと節、お願いしますよ」

「あいすみません」

「ささ、こちらへ」

　息杖で結ばれたふたりの瞽女が、茶屋の内へ導かれていった。

　同じような光景を、以前にも目にしたような気がする。

　はて、いつのことであったか。

　黒板塀のむこうから聞こえてくる艶めいた三味線の音色を耳にすると、雪深い谷間の風景を思いだすことがあった。

　白一色の原野に茅葺《かやぶ》きの家がぽつんとあり、かぼそい炊煙を立ちのぼらせている。たったそれだけの風景なのだが、どこかはわからない。憶えていないというべきか。ただ、郷愁を感じた。ひょっとしたら、乳飲み子の目に焼きつけられた風景かもしれないと思いつづけてきた。自分を産んでくれた母親は、三味線を爪弾きながら艶歌《えんか》を唄う女であったのだろうかと。

瞽女のひとりは中年増であったが、ひとりは若くて美しかった。

菅笠も塵除《ちりよ》けの浴衣も草臥《くたび》れており、越後路から難所の三国峠を越え、中山道をたどって遥々とやってきたにちがいなかった。

越後高田や長岡の領内には、藩主によって保護された瞽女屋敷があるという。信濃《しなの》との国境に聳《そび》える妙高山麓にも、瞽女たちの住む寒村があった。おそらく、そのあたりからやってきたのだろう。

色街から戻って旅籠に落ちついても、勘兵衛は息杖で繋がった瞽女たちのことを忘れることができなかった。そして、艶めいた音色や唄を耳にしたわけでもないのに、雪深い谷間の風景が浮かんできた。

若い瞽女の横顔が、どうにも忘れられない。

胸の奥深いところに響く何かがあった。

もしかしたらそれは、目にしたこともない母の面影かもしれなかった。

瞽女たちは一年のうちの大半を旅に費やし、なかには一団を離れて陸奥から九州まで全国津々浦々に足を延ばす者もいる。裕福な名主や商家の座敷に呼んでもらい、三味線と唄を披露するのだ。うら悲しい口説もあれば、艶めかしい春歌もある。客と褥《しとね》をともにするのは禁忌とされているものの、若い瞽女のなかには春をひさぐ者もあった。

禁忌を破った者は仲間から見放され、厳しい掟にしたがって瞽女屋敷から放逐される。離れ瞽女となった者は、死ぬまでたったひとりの哀れな旅路を送らねばならぬ。病に倒れても、盗みに遭っても、助けてくれる仲間はいない。

離れ瞽女になるには、死を覚悟しなければならなかった。

旅の途中で誰かと契りを交わし、身籠もってしまうことも、子を産みおとすこともあっただろう。乳飲み子を育てる自信がなく、泣く泣く神社の境内に捨てることもあったかもしれない。

自分を捨てた母親のことを、勘兵衛はいちども恨んだことはなかった。

その気持ちは何年経っても変わらない。

ただ、できることなら、どのような母であったのかを知りたかった。

知らぬがゆえに身勝手な空想を抱き、眠れぬ夜を過ごさねばならないからだ。

深更、宿場はずれの一軒家で凶事があった。

下手人は逃げきれず、道中奉行の配下に捕縛された。

捕まった男はまだ若く、顔じゅうに面皰《にきび》が吹きだしていたという。小金欲しさに油商人の妾宅へ忍びこみ、見ず知らずの妾を殺めたのだ。極貧暮らしに耐えかねての凶行らしいが、いずれにしろ、打ち首は免れまい。

無論、人殺しも子捨ても、断じて許される行為ではなかった。

が、そうせざる得ない事情はかならずある。

それぞれの事情を知らぬかぎり、他人を裁くことなどできようはずもない。

勘兵衛は時折、名状しがたい虚しさを感じることがあった。

人が人を裁くことの難しさをおもうと、十手を返上したくなるのだ。

そろそろ、隠居の時期が近づいてきたのかもしれない。

五

翌早朝、守三の使いがやってきた。

上宿の木賃宿で、甚平らしき男を見掛けた者があるという。

木賃宿は板橋を渡った向こう、脇本陣の並びに建っている。

勘兵衛は襟を寄せ、朝靄《もや》につつまれた長い木橋を渡った。

――ふいっ、ふいっ、ぴいぽ。

　雀に似た小鳥が、河原で羽を震わせていた。

「かじけ鳥か」

　猿子《ましこ》であろうか。

　凍てついた風に吹かれる小鳥が、離れ瞽女の俯いたすがたとかさなった。

　木賃宿では、守三が待っていた。

「旦那、こちらへ」

　囁くように呼ばれ、戸口の隅へ導かれる。

　薄暗い大部屋の中央には囲炉裏が切られ、少量の薪がくべてあった。

　自在鉤《かぎ》に吊《つる》された鍋のなかでは、芋汁が煮えている。

　旅人たちは暖を取るべく、囲炉裏のそばに集まっていた。

　そうしたなかに、色街でみかけた瞽女たちのすがたもあった。

「おや、あれは」

「旦那もご存じで」

「昨晩、路地裏でみかけたのさ」

　ふたりの瞽女は寄りそい、欠け椀によそった汁を啜っている。

「旦那、甚平のやつ、昨晩はここに泊まったらしいんで。じつは、あすこの瞽女さんたちといっしょだったとか」

「なに」

「瞽女さんといっしょに居りゃ、目立たねえとでもおもったんでしょうかね。莫迦な野郎だ」

「それで」

「へい、あっしが朝一番で踏みこんだときは蛻《もぬけ》の空。甚平をみたっていう行商も急ぎの用事があったらしく、夜が明けねえうちに鴻巣のほうへ起《た》っちめえやがった。あとの頼りは瞽女さんしかいねえんだが、何を聞いても知らぬ存ぜぬ。なにせ、自分たちは目がみえねえの一点張りで」

　守三は困りきった顔で言い、瞽女のほうへ目をむけた。

　ふたりともじっと眸子を瞑《つむ》り、懸命に汁を啜っている。

「どうしやす、旦那」

「泳がしてみるか」

「そいつは困ったな。二、三、当たりてえところがありやしてね」

「かまわぬ、瞽女のほうは任せろ」

「よろしいので」

「そのために来たのだ。気にするな」

「じゃ、おことばに甘えさせてもれえやす」

守三はお辞儀をし、音もなく木賃宿から出ていった。

勘兵衛は戸口に佇《たたず》み、黙然と様子を窺った。

無論、ほかの連中は役人に気づいているが、瞽女に告げ口する者はいない。他人に干渉しないというのが、木賃宿を使う者の不文律なのだ。

瞽女たちは芋汁を啜り終えると、旅支度をはじめた。

ふたりは宿を出ると挨拶を交わし、東西に別れて歩みだす。

年増のほうは板橋へ戻り、若いほうは中山道を戸田の渡しにむかった。

勘兵衛は迷わず、若い瞽女の背中を跟《つ》けはじめた。

目のみえぬ独り歩きは心細いであろうに、どうして離れ離れになったのか、理由はわからない。

若い瞽女は蓮沼から志村まで足を延ばし、村々で門付けをして歩いた。

途中までは陽が射していたが、午《ひる》を過ぎると空は灰色の雲に覆われた。

街道に寒風が吹きぬけ、霙《みぞれ》まじりの雪が降ってくる。

それでも、瞽女は門付けをやめない。

「……色は紫、身もとは浅黄、忍ぶ心は幾夜染め、なるはいやなり、おもうならん、とかくかなわぬ浮き世かな……」

女ひとりが生きぬくために、門付け唄を唄いつづける。

そのすがたは逞《たくま》しくもあり、儚《はかな》げにもみえた。

家人はたいてい犬でも追っぱらうように手を振り、なかには雀の涙ほどの小銭を抛《ほう》る者もあった。

瞽女は手探りで小銭を拾い、阿弥陀如来への感謝を唱えながら祈りを捧げた。

他人の情けに縋《すが》ることの意味を、勘兵衛はあらためて考えさせられた。

道端には道祖神や馬頭観音や地蔵を象《かたど》った石仏が数多く見受けられる。瞽女はひとつひとつの所在を把握しているらしく、石仏のところで足を止めては祈りを捧げた。ことに、水子地蔵を祀《まつ》る祠《ほこら》のまえでは跪《ひざまず》き、熱心に祈りを捧げていた。

何か、深い事情でもあるのだろうか。

勘兵衛は次第に、瞽女とともに旅をしている錯覚に陥った。

夕方になって、ようやく名主の家人から声がかかった。

「祝い事だ。何か唄ってくれ」

瞽女は大きな屋敷に導かれ、さっそく三味線を手に取った。

「あ、新保さえ、広大寺は、ありゃ何処《どこ》から出たやれ、和尚だなぁ、新保新田から出たやれ、和尚ださえ、ほらなんきん、たおだか、ほねつくようだよ、戸板に豆だよ、ごろつくようだよ、へんへんてばなっちょなこんだよ……」

賑やかな手拍子に合わせ、瞽女は自慢の咽喉を振りしぼる。

越後十日町の新保にある広大寺の住職が豆腐屋の若後家に恋慕した囃《はや》し唄だ。天明のころに江戸で大流行したので、勘兵衛も節まわしは知っている。

敵討ちや心中物の口説節から、はては艶めいた唄にいたるまで、瞽女は請われるがままに唄いつづけた。

そうやって半刻ほど経ち、勘兵衛が垣根の外で耳を澄ましていると、昨晩のうら悲しい語りが聞こえてきた。

「……母はそなたに別れても、母はそなたの影に添い、行末永う守るぞえ、とは言うもののふり捨てて、なんとこれにかえりゃりょう……離れがたないこち寄れと、ひざに抱きあげ抱きしめ、これのういかに童子丸、そちも乳房の飲みおさめ、たんと飲みゃえのう童子丸、母は信太へ帰るぞえ、母は信太へ帰りても、悲しいことが三つある……」

聞けば聞くほど、切ない語りだ。

「……呼んでとめての妻と子を、抱いて寝るよな睦言《むつごと》も、夕べの添寝は今日限り、母が信太へ帰りても、残るひとつの安じには……」

　やがて、宴はお開きとなり、瞽女は家人に暇を乞うた。

　みなは感激もひとしおに、離れ瞽女を表口まで送りだす。

「だば、皆々様、また近々に寄らせていただきますて」

　瞽女は深々とお辞儀をし、暮れなずむ坂道をとぼとぼ歩みだした。

　戸田の渡しへは行かず、日没までに板橋宿へ取って返す腹積もりなのか。

　しかし、宴席が長びいたせいで、宿場まではたどりつけそうにない。

　霙まじりの雪は、次第に激しさを増してゆく。

　瞽女は杖をつき、白い息を吐きながら、坂道を登りきった。

　が、坂のうえでは、薄汚い恰好をした馬喰《ばくろう》たちが待ちかまえていた。

「お、ほほ、瞽女さんかい」

「別嬪じゃねえか、なあ」

「ひと節、聞かせてくれ」

　三人いる。辻強盗を平気でやりそうな連中だ。

「ちっ」

　勘兵衛は裁着袴《たっつけばかま》の裾《すそ》を捲《まく》り、坂道を駆けのぼった。

途中で息が切れ、足を止めてしまう。

「ひゃあああ」

帛《きぬ》を裂くような悲鳴を聞き、脱兎のごとく駆けだした。

瞽女は馬喰たちに組みつかれ、着物を剝ぎとられようとしている。

「こらっ、待て」

勘兵衛は一喝し、腰の刀を抜きはなつ。

白刃を目にしても、馬喰たちは怯まない。

「さんぴんめ、すっこんでろい」

ひとりが鉈《なた》を握り、無謀にも斬りかかってきた。

「ふん」

勘兵衛は無造作に白刃を振るい、峰に返して相手の小手を叩く。

「うぎゃっ」

男は鉈を落とし、泥土のうえを転がった。

「下郎、失せろ」

「ひぇっ」

馬喰どもは恐れをなし、一目散に逃げてゆく。

怪我をした男も去ると、勘兵衛は刀を鞘《さや》に納め、瞽女の肩を抱きおこしてやった。

「おい、だいじょうぶか」

「へえ、すみません、ご親切に」

「泥だらけになっちまったな」

「でえじょうぶ、心配えねえ。お武家さま、間道を行けば阿弥陀堂がごぜえます」

「よし、そこへむかうか」

「へえ」

泥だらけの荷を拾いあつめ、瞽女の手にもたせてやる。

「そなた、名は」

「ゆきにごぜえます」

「おゆきか、よし、負ぶってやろう」

「もったいねえことで」

「遠慮いたすな」

「だろも」

「ほれ」

勘兵衛は瞽女の手を取り、ひょいと負ぶってやる。

周囲はすっかり暮れ、霙は雪にかわっていた。

「お武家さま、暗くなりましたろうかの」

「そうだな、暗うて間道がわからぬわい」

「お武家さまのおみ足で、五十歩ほど」

「ん、五十歩か」

「へえ、坂道を降りた左手に水子地蔵の祠がごぜえます。その脇に間道が」

「よし、行ってみよう」

「うふふ、瞽女にゃ昼も夜もねえ。道に迷うこともねえがです」

「なるほどな」

勘兵衛はおゆきを負ぶって間道をすすみ、荊《いばら》に頬を傷つけられながらも、奥へ奥へとすすんでいった。

六

阿弥陀堂は朽ちかけていたが、風雪をふせぐことはできそうだ。

幸運なことに薪が置いてあり、囲炉裏で火を焚《た》くこともできた。

「ここなら、何とか夜を明かせそうだな」

「おらは何度も夜を明かした。だども、いっこと恐くねえ」

「ほう」

「二年前、おいちさんともここで出会ったがです」

「おいち」

「へえ、同じ離れ瞽女ですろも、おいちさんは高田のお方で、おらは長岡の出だんがの。くっついたり離れたりしながら、門付けをやっておるがです」

木賃宿で別れた年増は、おいちというのだ。

「なぜ、ふたりいっしょに動かぬ。ひとりでは心細かろうに」

「別々のほうが稼げるすけの。離れ瞽女はひとりに馴れておりますすけ、心細くはねえがですて」

囲炉裏にくべた薪が、ぱちぱち音を起てはじめた。

「お武家さま、火が点《つ》きましたの」

「ふむ、もそっとそばへ寄るがよい」

勘兵衛はおゆきの冷たい手を取り、囲炉裏端へ導いてやった。

「もったいねえことで。お武家さまのお手は、あったけえの」

おゆきは自分の行李を探り、竹の葉に包んだ握り飯を取りだした。

「これは名主さまから頂戴えした塩結び。どうぞ、お武家さま」

「いいや、わしはいらぬ。おぬしが食え」

「ほら、もうひとつござえます。うふふ、それにお酒も」

おゆきは竹筒を掲げ、瞑ったままの眸子でさも嬉しそうに笑った。

勘兵衛もつられて笑う。

「よし、燗酒にしよう」

「へえ」

燗がついた。

おゆきは盃をひとつ取りだし、息を吹きかけて袖で拭《ぬぐ》う。

「お武家さま、あの、竹筒をどうか握らせてくだせえまし」

「熱いぞ、ほれ」

竹筒をもたせてやると、おゆきは盃に酒を満たした。

やり馴れているのか、一滴もこぼさない。

「さ、お武家さま、おひとつ」

「お、すまぬな」

盃を受け、一気に呑みほす。

おゆきは顔を輝かせ、ごくっと生唾を呑んだ。

「さあ、返盃だ」

こんどは、勘兵衛が注いでやる。

おゆきは両手で盃を押しいただき、おなじように一気に干した。

「小気味良い呑みっぷりだな」

「かたじけのう存じます」

「阿弥陀様も驚いておられるわい」

「それを仰いますな。阿弥陀様は瞽女の守護、地獄をみずともよいように両目を潰《つぶ》してくだすった、ありがてえ如来様であらせられます。おらは十七で酒の味を知り、禁を破って若い衆とも寝ちもうた。瞽女は人並みの幸せを願っちゃならねえ。男衆と契った者は髪を切られ、竹杖を奪われ、瞽女屋敷から追んだされる。ふっ、地獄へ落とされるのでごぜえますよ」

「すまぬことを聞いたな」

「いいえ、お武家さまは命の恩人。お望みなら、おらをお好きなようにしてくんなせえ」

「何を言うか。そんな下心はないぞ」

「こりゃまた」

意外な顔をつくり、おゆきは竹筒を握った。

「お武家さま、さ、どうぞ」

「ふむ」

勘兵衛は盃を呷った。

おゆきは三味線の糸捻子《いとねじ》を締めなおし、陽気に艶歌を唄いだす。

勘兵衛は嬉しくなって手拍子をする。

区切りのついたところで、口説節を請うた。

「信太の森の狐がどうしたとかいうやつ、あれを唄ってくれぬか」

「へえ。されば、最後のほうの節をひとつ……ちちんちととん、母はそなたに別れても、母はそなたの影に添い、行末永う守るぞえ、とは言うもののふり捨てて、なんとこれにかえりゃりょう……母は信太へ帰るぞえ、母は信太へ帰りても、悲しいことが三つある……呼んでとめての妻と子を、抱いて寝るよな睦言も、夕べの添寝は今日限り、母が信太へ帰りても、残るひとつの安じには……」

酒を呑みながら涙ぐんでいると、おゆきは静かに三味線を置いた。

「お武家さま、こりゃ葛葉の子別れという瞽女唄にござえますよ」

信太の森に棲む白狐は、命を救われた安倍保名の許婚である葛葉姫が神隠しにあったと聞き、姫に化けて嫁入りする。ところが、めでたく生まれた童子丸が五歳になったとき、本物の葛葉がみつかった。森へ帰らねばならぬ白狐は眠っているわが子を抱きしめ、恋慕の情を綿々と掻き口説く。

子をおもう母の心情を、瞽女は切々と唄いつづけた。

捨て子の勘兵衛にしてみれば、たまらない内容であった。

「おらは六つで瞽女屋敷の親方さまに預けられました。親方さまはじつのおっかさんも同じ、お師匠さまでもござえます。生きるための手管を授けていただきました。ほりゃもう厳しい修行の日々。だろも、瞽女は手管をおぼえねば、生きぬくことができません。もちっと我慢、もちっと我慢、瞽女屋敷の子どもはそうやってつぶやき、大人になるのでござえます。三年目にみなから祝ってもらい、七年目で出世名を頂戴するがです。そして八年目でお姉さんと呼ばれ、十一年で年季が明ける。おらは年季が明けてすぐさま禁を破り、旅の旦那と寝ちもうた。すぐに捨てられ、丸々三年もこうして、離れ瞽女をやっているのでござえます」

「三年か、辛いこともあっただろうな」

「辛いと申せば、行きずりの相手にからだを売り、身籠もってしもうたがですよ。育てることもできねえのに、間引きがおっかなくて産みおとしちもうた……う、うう、信州路の途中で立ちよったお諏訪さまの鳥居のまえに……その子を、その乳飲み子を捨ててきたのでごぜえます。何と罰当たりなことをやっちもうたのか……うう、我が子を捨ててでも、生きてえおのれの性《さが》が恨めしい。お武家さま」

「ん、何だ」

「ふしだらな瞽女を哀れとお感じになられるなら、どうか抱いてやってくだせえまし」

「それはできぬ」

きっぱり断ると、おゆきは憑《っ》き物が落ちたような顔になった。

「お武家さま、ご無礼いたしました。おらはどうやら、信太の白狐に取り憑かれちもうたらしい」

「はは、そうかもしれぬな。さ、注いでやろう」

「もったいねえことで」

おゆきは盃を干し、ふうっと息を吐いた。

「お武家さま、板橋宿の木賃宿におられましたの」

「なぜわかる」

「匂いでわかりますて」

「匂い」

勘兵衛は袖に鼻をつけ、くんくん嗅《か》いだ。

魚の腐ったような臭いがする。

「目がみえねえぶん、鼻が利くがです。もしや、お役人さまであられましょうかの。それなら、御用は甚平さんのことだろうか」

おゆきにたたみかけられ、勘兵衛は頭を掻いた。

「じつはな、木賃宿を出たときから跟けておったのだ」

「おらは驚かねえ。だろも、甚平さんにゃ会えねえよ」

「甚平にはな、絵師殺しの疑いが掛かっておるのだぞ」

「旦那、甚平さんはひとを殺せるおひとじゃねえ」

「どうしてわかる」

凶事があった一昨日の晩、おゆきは板橋のうえで甚平に出会った。

「あのひと、欄干から身を投げようとしておられたがです」

おゆきはそれと察し、必死に「やめろ、やめろ」と叫んだ。

甚平は自分を止めたのが瞽女と知り、死ぬ気が失せたらしい。

「事情をお聞きすれば、姉さまのように慕っておられたお方が首を絞められて亡くなったとか。下手人はわかっているので仇を取ってやろうとおもい、出刃庖丁を握って宿場をほっつき歩いていたのだと、そんなふうに仰います」

おゆきはことばを尽くしておもいとどまらせ、その晩は木賃宿でともに朝まで過ごしたという。

「そのとき、おいちもそばにおったのか」

「へえ」

「見も知らぬ相手を、なぜ庇《かば》う」

「庇ってなどおりません。真実を申しあげているがです。証拠は出刃庖丁でござえます。おらがこの手で欄干から抛ったすけ、きっとみつかるはず」

「証拠にはならぬな」

絵師の左胸には出刃庖丁が刺さっていた。それなら、庖丁が二本あるのはおかしいと、おゆきは主張する。

甚平が下手人なら、庖丁ごときいくらでも細工できよう。

しかし、勘兵衛はおゆきを信じたい気分になっていた。

「甚平さんは翌朝になり、自分が疑われていることをお知りになった。江戸では何ひとつ良いこともねかった。亀玉の女将さんのもとにゃ戻れねえし、できることなら、生まれ故郷に帰えりてえと仰って」

「やつも越後の椋鳥だってな」

「へえ、故郷は海のそばで、老いたおっかさんが待っておられるはずだとか。待ってくれているおひとがあるのなら、帰っておやりよと、おらは申しあげたがですよ」

「甚平はどうしておった」

「おらの手を握り、泣いておられました」

不運な消炭にとって、優しいことばを掛けてくれる瞽女は菩薩にみえたにちがいない。

勘兵衛はあらためて、宿業を背負って生きる離れ瞽女の逞しさを感じた。おゆきは悲運を呪うのではなく、健気にひとの情けを求めながら生きてきた。光を失ったまま生まれでた運命を当たり前のように受けいれ、これからも、たったひとりで生きぬこうとしているのだ。

魂の籠もったことばが、胸に沁《し》みないはずはない。

甚平はおゆきに功徳を与えてもらったのだと、勘兵衛はおもった。

「そういえば、甚平さんは記憶を無くしたご新造さんのはなしをしてくださりました」

唐突に漏《も》らされたことばに、勘兵衛は膝を乗りだした。

「そのご新造さん、記憶は無くしても、待っているおひとのあることだけは承知しておられたのだとか」

その女は自分の意志ひとつで、逢いたいと願う相手に邂逅できる。けれども、肝心の決断がつかずに迷っているのだという。

「待ってるおひとがあるのなら、帰えっておやりになればいいのに。おらはつくづく、そうおもったのでごぜえますよ」

ご新造とは、静のことではないのか。

甚平はおくみから聞いたはなしを、おゆきにしてやったのだ。

「おぬし、なぜ、わしにそんなはなしをする」

「何でらろ、ふと、思いだしたがですよ」

おくみ殺し、絵師殺しの真相は別にある。

別の道筋をたどらねば埒はあかぬと、勘兵衛はおもった。

どっちにしろ、鍵を握っているのは甚平だ。絵師殺しの下手人であろうがなかろうが、みつけださねばなるまい。

囲炉裏の火が小さくなった。

雪は静かに降りつづいている。

七

翌朝、勘兵衛はおゆきを木賃宿まで送りとどけ、中宿の旅籠へ戻った。

守三は一睡もせずに待っていたらしく、眸子を充血させていた。

甚平の行方は杳《よう》として知れない。

おゆきと出会ってからのち、自分の意志で消えたのか、それとも、何者かに連れさられてしまったのか。どっちにしろ、安否が気遣われた。

勘兵衛は昨日からの経緯を告げ、いちど江戸へ戻ることを守三に伝えた。

といっても、八丁堀へ帰るのではない。

足をむけたさきは神田花房町、そこに絵師を抱えていた版元の「艶狂堂《えんきょうどう》」があると聞いたからだ。

花房町へたどりついたのは、八つ刻であった。

三つ輪髷の女房が肩に手拭いを引っかけ、玉箒で裏長屋の木戸口を掃いていた。

青洟を垂らした子供たちの吐く息は白い。日蔭には雪が積もっており、いびつな雪達磨が立っていたりする。

ふと、赤ん坊の泣き声が聞こえ、勘兵衛はぎくりとした。

井戸端に置かれた盥のなかで、乳飲み子が寝かされている。

母親らしき女が飛んできたので、ほっと胸を撫でおろした。

艶狂堂は「思川闇道行」で大儲《おおもう》けし、蔵を建てるほどの羽振りらしい。と、守三に聞いてきたのだが、陰間茶屋の狭間に建つ見世の構えは冴《さ》えない。

世間に遠慮しながら商っているような印象だった。

旅装のまま踏みこんでみると、田舎侍が土産に購入するような浮世絵や読本が積んであった。

眼鏡を鼻に引っかけた亭主らしき男が、見世の奥で目を光らせている。

みるからに偏屈そうな親爺は、名を市右衛門《いちえもん》というらしい。

勘兵衛は上着の埃《ほこり》を払いつつ、にっこり微笑んでみせた。

「ご亭主かい」

「へえ、何のご用で」

「みてのとおり、旅先から帰えってきたばかりだ。漱ぎ盥を出せとは言わねえが、茶の一杯くれえは欲しいな」

「少しお待ちを」

上がり端に座ると、出涸《でが》らしの茶が差しだされた。

これをひとくちふくみ、残りは土間に捨てる。

「おれは臨時廻りの長尾勘兵衛だ」

「はあ」

「わかっているとはおもうが、長谷川孤舟の一件でやってきた」

市右衛門は何の反応もしめさず、口を真一文字に閉じている。

「おめえ、心中物の絵草紙で大儲けしたそうじゃねえか」

「それほどでも」

「残念なことをしたな。孤舟が死ねば、おめえは儲けのたねを失うことになる」

「あの、旦那、下手人の目星はついたので」

「気に掛かるのか。疑われているのは消炭さ。でもな、おれがおもうに、消炭は殺ってねえ」

「え」

「驚いたか。ふふ、おめえ、何か知ってるな」

「と、とんでもございません」

「正直な野郎だぜ」

勘兵衛はやおら腰をあげ、見世のなかを物色しはじめた。

古めかしい棚が並んでおり、分厚い巻本は埃をかぶっている。

奥の一隅だけがやけに綺麗なので、何の気なく手を伸ばしかけた。

「お役人さま」

鋭い声を発し、市右衛門が立ちあがる。

「奥の座敷へどうぞ」

「ん、そうするか」

何か知られたくないものでも隠してあったのだろう。

勘兵衛は紙の匂いを嗅ぎながら、細長い廊下の奥へ導かれた。

奥座敷は六畳間で、上座に長火鉢が置いてある。

市右衛門は新たな炭を入れ、銅壺《どうこ》に鉄瓶を掛けた。

「どうぞこちらへ」

上座に導かれ、座布団のうえに胡座《あぐら》を掻く。

金火箸《かなひばし》を手に取って、勘兵衛は灰に文字を書きだした。

市右衛門は部屋を離れ、しばらくして三方を抱えてくる。

下座から膝を躙《にじ》りよせ、すっと畳に三方を滑らせた。

「二十両、ございます」

「おいおい、のっけから何のまねだ」

「旦那、何も仰らずにお受けくださりませ」

「そうはいかぬ。理由を言え」

「申しあげたら、お許し願えましょうか」

「そいつは聞いてからだ」

「されば、これを」

市右衛門は懐中から、絵を一枚取りだした。

長火鉢越しに覗いてみれば、武家風の男女があられもない姿態で抱きあっている。

「あぶな絵か」

「はい、下絵にございます」

お上に知れたら、厳罰は免れまい。

ただし、中小の版元が闇《やみ》であぶな絵を摺《す》っているのは周知の事実だ。

廻り同心や岡っ引きは袖の下を貰い、見て見ぬふりをしている。

「このおれを丸めこもうって腹か」

「お目こぼしを頂戴したいだけです」

「おめえ、孤舟にもあぶな絵を描かせていやがったな」

「と、とんでもございません」

市右衛門は首を振り、頑なに否定する。

「怪しいもんだぜ」

おくみが殺された畳のうえには、金銀の箔が散らばっていた。

おそらく、あれはあぶな絵を描くために使われたものだろう。

まちがいない。孤舟は曖昧屋の二階で、おくみの裸体を描いていた。

とすれば、部屋にはもうひとり、男がいたということになりはしないか。

それが消炭の甚平であるはずはない。

侍だ。

それも身分のある侍が、おくみを手に掛けたとも考えられる。

勘兵衛は推量をはたらかせながら、艶狂堂市右衛門を睨みつけた。

市右衛門は戸口まで退いてかしこまり、月代《さかやき》に膏汗《あぶらあせ》を滲《にじ》ませている。

「おい、艶狂堂、おれは悪党どもの意のままにゃならねえぜ」

勘兵衛は見得を切り、金火箸を灰に突きさす。

市右衛門は眸子を瞠《みは》り、突如、奇声を発した。

「落ちろ」

と同時に、手許の桟《さん》を横にずらす。

「ぬおっ」

ふわっと、膝が浮いた。

畳が落ち、長火鉢の猫板に額がぶつかる。

「うわああ」

藻掻きながら、奈落の底へ落ちてゆく。

固い地べたに叩きつけられ、勘兵衛は気を失った。

八

三和土《たたき》がひんやりしている。凍えそうだ。

強く打ったせいか、頭が割れるほど痛い。

燈明の炎が、あとわずかで尽きてしまう。

覚醒した途端、目に飛びこんできたのは黄金の屏風だった。

描かれているのは花や鳥ではなく、御禁制のあぶな絵である。

金銀の箔や南蛮渡来の朱がほどこされ、裸で絡みあう男女は今にも動きだしそうなほど生々しかった。

「ここは……どこだ」

蔵のなかのような気もする。

窓が無いので、昼夜の区別もつかなかった。

柱に縛りつけられ、身動きひとつできない。

息苦しいのは猿轡《さるぐつわ》を塡《は》められているせいだ。

おもいだした。

花房町の版元を訪ね、罠《わな》に塡められたのだ。

するとここは、艶狂堂の屋内であろうか。

それとも、別のところへ移されたのか。

わずかに、潮の香りがする。

眸子を見開き、周囲を眺めまわした。

甲冑がある。壺や大皿などの骨董が無造作に置かれている。

やはり、蔵なのだ。

唐突に、跫音《あしおと》が聞こえてきた。

ふたり、いや、三人いる。

来い。

身構えた。

重そうな扉が軋み、手燭が翳された。

面灯りに照らされたのは、小太りの商人だ。

艶狂堂の亭主ではない。

小狡《こずる》そうな顔をしている。

背後には、ふたりの侍がつづいていた。

ひとりは絹の着物を羽織り、頭巾で顔を覆っている。

もうひとりは従者であろう。頬の痩《こ》けた長身の男だ。

「お殿さま、あれに鼠がおります」

先導役の商人が嘲笑《あざわら》った。

「ふん、鼠にしては大きいのう」

「艶狂堂がまんまと」

「網に掛けたか」

「はい」

商人はすっと近寄り、手を伸ばして猿轡をずりさげた。

苦しげに咳きこむと、眼前に龕灯《がんどう》が翳された。

「この鼠、南町奉行所の臨時廻りで、長尾勘兵衛と申す者。同心部屋ではうぽっぽと呼ばれております」

「うぽっぽ」

「はい、役立たずの昼行灯だそうで」

「昼行灯がなにゆえ、われらの周囲を嗅ぎまわるのじゃ」

「こやつ、おくみ殺しを探っておるのですよ」

「ふん、余計なことを。町奉行所の出る幕ではあるまいに」

「目当ては金でしょう。こちらを脅す腹でいたにちがいない」

「ふうん」

「殿」

従者に背後から促され、頭巾はかぶりを振った。

「何じゃ、玄鬼《げんき》」

「われらを脅そうとするは、それなりの勝算あってのこと。やはり、証拠の品は消炭からこやつの手に渡ったとみて、まず、まちがいござりますまい」

「されば、現物を早々に手に入れよ」

「痛めつけてやりますか」

「そうせい」

「は」

玄鬼と呼ばれた男が鼻面を寄せてきた。

おもわず、目を背けたくなるような悪相である。

眸子は窪み、頰は刮《こそ》げ、肌は灰色なのだ。

「何をみておる」

ぱしっと、平手で頰を打たれた。

「生爪を剝いでやろうか、それとも、眼球を針で突っついてやろうか。不浄役人ならば、責められる者の辛さを熟知しておろう。責め苦が嫌なら、隠し事はせぬほうがよいぞ」

事のあらましが、ぼんやりとわかりかけてきた。

みるからに偉そうな「殿」は艶狂堂や悪徳商人と手を組み、御禁制のあぶな絵を描かせているのだ。みずからの嗜好を満足させるためかもしれぬし、大名などの蒐集《しゅうしゅう》家に高値で売るためかもしれぬ。いずれにしろ、ここにいる連中がおくみ殺しと孤舟殺しに深く関わっていることはあきらかだ。

「うぽっぽめ、こっちをみろ」

金壺《かなつぼ》眸子が鈍く光った。

悪党どもは「証拠の品」を欲しがっている。

ひとおもいに殺さぬのはそのためだ。

「素直に在処《ありか》を吐けば、命を助けてやってもよいぞ」

「いったい、何が欲しいのだ」

「下絵だよ」

「下絵」

「とぼけるな、どこに隠した」

「待ってくれ、はなしがみえぬ」

「食らえ」

脇腹にどんと蹴りを入れられ、息が詰まった。

髷を引っぱられ、顎をあげさせられる。

「消炭の甚平は存じておろう」

「知っているのは、名だけさ」

「嘘を吐くな。下絵を手渡されたであろうが。さもなくば、艶狂堂を脅す理由が見当たらぬ」

合点できた。

悪事の証拠となる下絵を、甚平に盗まれたのだ。

そして、甚平は捕まった。生死は判然としない。

何のつもりで下絵を盗んだのかも、わからない。

しかし、あきらかなことがひとつある。下絵を手渡されたことにしなければ、この場ですぐに消されかねないということだ。

勘兵衛は不敵にも、にやりと笑った。

頭巾の「殿」がそれと察し、声を漏らす。

「こやつ、笑いよったぞ。玄鬼、やれ」

「は」

玄鬼は拳を固め、頬を撲りつけてきた。

鈍い音とともに、口のなかがぱっくり切れた。

痛みよりも口惜しさが、はらわたから滲みだしてくる。

勘兵衛はぺっと血を吐き、太々《ふてぶて》しい態度で言ってのけた。

「おぬしらにとってだいじな下絵を、はいどうぞと差しだす莫迦もおるまい」

「往生際のわるいやつめ」

玄鬼がまた、撲りつけてくる。

頭巾の「殿」は、低く笑った。

「まあよい。玄鬼、焦らずともよかろう」

「は」

「こやつ、少しは骨がありそうじゃ。じわじわと責めてやるがよい」

「かしこまりました」

「ふふ、いつまで粘ることができようかの」

「三日と保《も》ちますまい」

玄鬼が振りむいた瞬間、腹部に鈍痛が走った。

当て身を食らい、勘兵衛の意識は暗転した。

九

水滴の音が聞こえる。

水の冷たさに驚き、ふいに覚醒した。

起きあがってみると、踝《くるぶし》まで水に浸かっている。
足は臑《すね》のあたりまで白くふやけ、血の気がない。
「くっ」
急に震えが襲ってきた。
四方は石の壁だ。苔の生えた石の壁、井戸の底であろうか。
天井を仰いでも、暗澹《あんたん》とした闇が口を開けているだけだ。
「水牢か」
水は冷たい。
足の感覚は麻痺している。
蔵のようなところで、悪党に当て身を食った。
それから、また別のところへ移されたようだ。
気を失っていたのは、半日程度のことだろう。
そうでなければ、いまごろは凍え死んでいる。
天井の闇が割れ、微かな光が射しこんできた。
やはり、空井戸なのだ。
天井を塞《ふさ》ぐ蓋《ふた》の亀裂から、月影が射しこんでいるのだ。

ふと、片隅をみた。

黒いかたまりが蹲《うずくま》っている。

「お、おい」

駆けよって肩を揺すると、わずかに反応があった。

男のようだ。痩せほそっている。

「しっかりせい」

水に尻まで浸かり、仰向けにする。

気弱そうな若者が、紫色の唇もとを震わせている。

「甚平か、おぬしは甚平なのか」

薄目が開いた。

「……ど、どなたさまで」

「おれは味方だ。離れ瞽女のおゆきから、おぬしのことは聞いたぞ」

「ご、瞽女さん……お、おゆき」

「そうだ。おぬしは絵師を殺めておらぬ。それはわかっておる」

「だ、旦那は」

「臨時廻りだ。うぽっぽの長尾勘兵衛さ」

「ど、どうしてここへ」

「さあ、阿弥陀様が導いてくれたのかもな」

「阿弥陀様が……ああ」

甚平の眸子から、涙が溢れてくる。

からだは冷たく、摩擦しても体温は戻りそうにない。

もはや、死にかけていた。

「……お、おいらは」

「もういい、喋るな」

勘兵衛は脱出の手段を探った。

天井までは十間近くありそうだ。

壁面は苔で滑り、登れそうにない。

もちろん、穴を穿《うが》つ道具はなかった。

「助かる手はある、きっとな」

月が翳《かげ》り、ふたたび、闇に閉ざされた。

勘兵衛にできるのは、甚平を励ますことだけだ。

「旦那……お、おいらは……し、死ぬのか」

「莫迦なことを言うな」

「死にたかねえ……お、おいら、行かなくちゃ……い、行かなくちゃならねえ」

「しっかりせい、おぬしを待っている者がおるのか」

甚平は弱々しく頷《うなず》いた。

「……が、待ってる」

「誰だと、聞こえぬぞ」

「……ご、瞽女さんが」

「瞽女か、おゆきが、おぬしを待っておるのか」

「へ、へえ……」

甚平は頷き、童子のように微笑んだ。

「……い、板橋の河原で……お、おいらを」

かぼそい声が、闇に吸いこまれてゆく。

それから小半刻もしないうちに、甚平は息をしなくなった。

「くそったれ」

勘兵衛は水を蹴飛ばし、腹の底から慟哭《どうこく》した。

「ぬおおお」

その声に反応し、天井の蓋が外された。

松明の炎が閃《ひらめ》き、見張りの声が聞こえてくる。

「こら、何を騒いでおる」

「死人だ、引きあげてくれ」

「なに」

「役人がほとけになった」

「ちと待て」

見張りは別の者と相談し、少し経ってから釣瓶《つるべ》を落としてきた。

「桶を外して、縄でほとけを縛りつけろ」

「よし、わかった」

勘兵衛はほとけを縛るとみせかけ、みずからの胴を縛りつけた。

松明を翳しても、底まではみえまい。

「いいぞ、引きあげてくれ」

滑車が廻りはじめた。

見張りが縁から身を乗りだす。

「慎重にやれ」

「おう」

どうやら、見張りはふたりのようだ。

井戸の内は、やはり、よくみえないらしい。

勘兵衛は身じろぎもせず、徐々に引きあげられてゆく。

捕縄はお手のもの、胴が縄で締めつけられる心配はない。

あとは、かじかんだ手が動くかどうか、一か八かに賭《か》けるしかなかった。

ようやく、縁すれすれまで引きあげられた。

「うわっ、こいつ生きておるぞ」

ひとりが叫び、手にした綱を抛った。

滑車が、凄まじい音を起てはじめる。

勘兵衛の手は、咄嗟《とっさ》に縁をつかんでいた。

両手の爪を立て、渾身《こんしん》のちからを込める。

「ぬおっ」

この機を逃せば、井戸の底で死ぬしかない。

死への恐怖が、からだを高みへ引きあげた。

「こ、この野郎」

見張りのひとりが、棍棒《こんぼう》を叩きつけてくる。

勘兵衛は棍棒をつかみ、ぐいっと引きよせた。

「ふえっ」

見張りは前のめりになり、奈落の底へ落ちていった。

「死にさらせ」

別の見張りが匕首《あいくち》を翳し、闇雲に突きかかってくる。

これを何とか躱《かわ》し、勘兵衛は井戸の外へ転がりでた。

足が縺《もつ》れ、おもいどおりに動かない。

——ぶん。

匕首が鼻面を掠《かす》めた。

尻餅《しりもち》をついて避け、見張りの腰に縋りつく。

「野郎、放しやがれ……痛っ」

手首に嚙《か》みつくと、匕首が転げおちた。

勘兵衛は荒い息を吐きながらも、見張りの右腕を捻《ひね》りあげる。

「玄鬼はどこだ」

「し、知らねえ。おいらは金で雇われただけだ」

「雇った野郎は、いつ戻ってくる」

「知らねえ、おいらは何も知らねえ」

「ここは、どこだ」

「へ」

「ここはどこかと聞いておる」

「か、鎌倉河岸」

竜閑橋のそばに、艶狂堂の蔵があった。

人気のない裏手に、深い空井戸が掘られているのだという。

見張りの首根に手刀を叩きこみ、勘兵衛は敷地の外へ逃れた。

群雲が月を隠している。

何度も転びながら、竜閑橋の北詰めまでやってきた。

迷子石が、暗闇にぼうっと浮かんでみえる。

――静、帰ってこい。

そう記した迷子石であった。

まるで、墓標のようだ。

自身番の灯りが、目に飛びこんできた。

「……水、水をくれ」

勘兵衛は声を嗄《か》らしながら、這《は》うようにすすんだ。

十

凍てついた夜が明けようとしている。

艶狂堂で罠に填められてから、すでに三日が経っていた。

勘兵衛は八丁堀の自邸に戻らず、幽鬼のような足取りで板橋までやってきた。

四十年増がひとり、惚《ほう》けた顔で欄干に凭《もた》れかかっている。

「おい、女将」

呼びかけると、亀玉のおたまが振りむいた。

「どなたかとおもえば、旦那じゃありませんか」

「よう」

「いったい、どうしちまったんです。そのぼろぼろの恰好」

「ちょいと彼岸までな、散歩に出掛けておったのさ」

「まあ」

河原に目を移すと、一羽の小鳥が震えている。

汀《みぎわ》には莚が敷かれ、かたわらに権現の守三が佇んでいた。

勘兵衛は身を乗りだし、苦しげに声を漏らす。

「まさか、あの屍骸は」

「瞽女さんですよ、可哀相に」

遅かった。

おゆきは甚平を待ちつづけ、朝未《まだ》き頃、凍え死んだという。

「女将、甚平は死んだぞ」

「え」

おたまは絶句した。

「それなら、なおのこと」

瞽女が哀れで仕方ない。

おゆきは、来るはずもない相手を待っていたのだ。

「旦那、ほとけを拝みにまいりましょう」

「ああ」

ふたりで肩を並べ、寒風の吹きわたる河原に降りてゆく。

鼻を赤くさせた守三が、涙目をむけてきた。

「うぽっぽの旦那、心配えしておりやしたぜ」

「おれのことなんざ、どうでもいい。ほとけを拝ましてくれ」

「へい」

おゆきは胸のうえで両手を組み、しっかり目を閉じていた。

おたまは跪き、両手を合わせる。

「旦那、菩薩ですよ」

「ああ、穏やかな顔だ」

と、そこへ。

哀しげな三味線の音色が聞こえてきた。

薹の立った瞽女がひとり、滑るように近寄ってくる。

「おぬし、おいちか」

「へえ。おゆきちゃんの不幸を聞き、駆けつけてまいりました」

「そうかい、弔いにきてくれたんだな」

「甚平さんは」

「死んだ、昨夜遅く」

「おゆきちゃん、甚平さんを追うように逝っちまった。おらより若えのに、なあしてさきに逝ったがろか、けえすげえすも口惜しい。だろも、これが離れ瞽女の末路、辛え宿業を背負った者の死にざまにござえます」

「おゆきは、何か言いのこさなんだか」

「甚平さんは来ねえかもわからねえ。だろも、来たときに待っている者がいねえと可哀相だすけ、おらはいつまでも待っているがらと」

「そう言ったのか」

「へえ。それと、文を頂戴したと教えてくれたがです」

「文を、甚平からか」

「へえ」

その文を自分の身代わりだとおもって預かってほしいと、おゆきは甚平に告げられたらしい。

「おゆきちゃんは頼られたことをたいそう喜び、文を小さくたたんで袖の内側に縫いつけておりました」

「袖の内側か」

勘兵衛は守三に顎をしゃくる。

守三は頷き、ほとけの右袖を探った。

「ん、ありやした。旦那、これを」

差しだされた紙片を開いてみる。

おいちの耳が、ぴくりと動いた。

中身は文ではない。

「あぶな絵か」

甚平は悪党どもから盗んだ証拠の品を、おゆきに託していたのだ。

おゆきはそれと知らず、袖の内側に縫いつけた。

勘兵衛は、色のない下絵を睨みつけた。

女のほうは、扼殺《やくさつ》されたおくみにまちがいない。

おたまも顔を寄せ、横から覗きこむ。

「あっ」

「どうした」

「この殿方、見覚えがござります。もしや、羽生《はにゅう》のお殿さまじゃ」

「どれどれ」

守三も覗きこむ。

「お、ほんとうだ。羽生さまにまちげえねえ。だとしたら、こいつは厄介なはなしだぜ」

羽生織部正《おりべのかみ》は家禄四千石の大身旗本、駒込の鶏声ヶ窪辺に大きな屋敷を構えている。職禄二千石の御槍奉行をつとめており、地位も家格も申し分ない。

なるほど、羽生が下絵を欲していたのは無理もなかった。

一目瞭然でそれとわかるほど、本人に酷似しているのだ。

おそらくは道楽が高じて、御禁制のあぶな絵を描かせたのだろう。

「旦那、町奉行所の十手持ちに御大身は裁けやせんぜ。ここはひとつ、目付筋に通報したほうがよかありやせんか」

「いいや、相手は御槍奉行だ。目付に訴えても潰される」

「なら、どうしやす」

「この一件、おれに預からしてくれ」

「はあ。でも、どうなさるんで」

「急《せ》くな」

策を練らねばなるまい。

くうっと、腹が鳴った。

「すっぽんでも食いながら、考えるとするか」

「あいよ」

おたまが、ぽんと胸を叩いた。

勘兵衛はほとけに一礼し、袖から一分金を摘《つま》みだす。

いざというときのために、内袖に縫いつけておいたものだ。

「守三、これはおれの気持ちだ。瞽女さんを手厚く葬ってくれ」

「承知しやした」

甚平は殺しの真相を知っていたがゆえに捕まり、水牢で凍え死んだ。

それとは知らず、おゆきは板橋の河原で待ちつづけ、凍え死んだ。

非道な悪党どもに引導を渡さぬかぎり、おゆきは成仏できまい。

――ふいっ、ふいっ、ぴいぽ。

かじけ鳥が鳴いている。

勘兵衛は河原に背をむけた。

十一

すっぽんの出汁《だし》で雑炊をつくっていると、勘兵衛を訪ねてくる者があった。

「へへ、美味そうな匂いでやすね」

すっぽんの異名をもつ銀次が、唾を溜めながら佇んでいる。

羽織った合羽は濡れしょびれ、草履はぼろぼろだった。

日本橋から一目散に馳せ参じてくれたにちがいない。

「来てくれるとおもったぜ。まあ、ゆっくりしてくれ」

「そうもしていられやせん」

「雑炊くれえ、いいだろう」

「ほんじゃ、おことばに甘えて一杯だけ」

銀次は合羽を脱ぎ、上がり端に腰掛けた。

草履は脱がず、手甲も脚絆も取ろうとしない。

勘兵衛は椀を取り、みずから雑炊をよそってやった。

「酒もあるぞ」

「遠慮しときやしょう」

「めずらしいな」

「へへ、楽しみはあとに」

銀次は箸をもち、ありがたそうに拝んでみせる。

そして、雑炊をかっこんだ。

口をはふはふさせ、白い湯気を吐いている。

勘兵衛は微笑みながら、茶を淹《い》れてやった。

「ほれ」

「ありがとさんで」

「美味かったかい」

「そりゃもう、有名な亀玉の雑炊をいちど食ってみたかったんでやすよ」

「この一件が終わったら、またゆっくり来ようや」

「そうしやしょう」

銀次は、湯気を吸いこむように茶を啜った。

「ふう、旦那が行方知れずになっちまって、お嬢さまも仁徳先生も死ぬほど心配えなされておりやしたよ。仁徳先生なぞは暴漢に狩られたんじゃねえかとか、泥酔して川にはまったんじゃねえかとか仰いやしてね、あっしも途方に暮れかけていたところへ、鎌倉河岸の自身番から使いが飛んできやがった。何をさておいても、旦那のお言伝《ことづけ》だけは果たさなくちゃならねえ。押っ取り刀で花房町へ駆けつけ、艶狂堂の亭主に縄を打ちやした」

「やってくれたか、さすがは銀次だ」

「鯉さまが今も市右衛門のやつを責めておりやすがね。とりいそぎ、土産を携えてめえりやした」

銀次は頬を引きしめ、振りわけの行李のなかから、朱房の十手をうやうやしく差しだした。

「旦那、どうぞ」

「お、戻ってきやがったか」

「へい」

ずっしりと重い鉄十手を受けとり、勘兵衛は腰帯に差した。

「こいつがねえと腰が軽くていけねえな」

「でげしょう」

「艶狂堂にあったのかい」

「奥座敷の床の間に隠してありやした」

「十手持ちの魂を奪われるとは、恥ずかしいかぎりだ。十手を返上しようにも、できねえところだったぜ」

「淋しいことは言いっこなしですよ、旦那」

「半分は本気さ。こんどの一件で、ほとほと疲れちまってな」

「旦那らしくもねえな。本物の悪党はまだ、のうのうとしておりやすぜ」

「そうだな」

裁かねばならぬ悪党は三人、羽生織部正と子飼いの矢口玄鬼、それから悪事の片棒を担いでいる両替商の益子屋治兵衛である。

益子屋とは蔵に閉じこめられたとき、手燭を掲げてあらわれた商人のことだ。

小太りで狡猾《こうかつ》そうな顔を、勘兵衛ははっきりとおもいだした。

「おくみを殺ったな、槍奉行でやすよ。艶狂堂が吐きやした。どうやら、事におよんでいる最中、あやまって手に掛けちまったらしい。そいつを目にした絵師はぶるっちまい、隙をみて曖昧屋から逃げだした。飼い犬の玄鬼がこれを追いかけ、口封じのために殺った。そいつがどうやら顚末のようで」

矢口玄鬼は剣術の腕前を見込まれ、羽生家の食客に迎えられた男らしかった。絵師殺しの下手人を別の者にみせかけるべく、姑息にも出刃庖丁を使ったのだ。

「悪党どもは懲りもせず、夜な夜な集まり、わるさをしているそうですよ」

「そうか」

勘兵衛は膝を乗りだした。

艶狂堂市右衛門は羽生織部正に依頼され、すでに、孤舟の身代わりとなる新しい絵師を手配していた。

銀次の調べでは、新しい絵師は今夜、とある場所へ呼ばれているという。

「どこだ」

「八重洲五合河岸の船蔵、船蔵の持ち主は益子屋で。へへ、絵師の身柄も押さえてありやすよ」

「でかしたぞ」

絵師の名は、寒川《さむかわ》待春《まちはる》というらしい。

「旦那、化けやすかい。今からなら間にあいやすぜ」

絵師に化けるのは、さほど難しいことではない。

町人髷に結いなおし、髭でも付ければ事足りる。

勘兵衛はおたまに命じ、早駕籠を二挺手配させた。

十二

戌《いぬ》ノ刻。

漆黒の空から、白いものが落ちてきた。

五合河岸の船蔵周辺は沈黙し、行き交う人影もない。

船蔵の二階に穿たれた窓からは、行燈の灯が漏れていた。

片隅の暗がりから、大柄の同心がのっそり抜けだしてくる。

鯉四郎であった。

「義父上、ご無事でなによりにござります」

「ふむ、心配をかけたな」

眸子を細める勘兵衛は、口髭をたくわえていた。

十手持ちの片鱗もみられず、絵師になりきっている。

「船蔵のなかには旗本主従と商人、それに遊女らしきおなごがひとりおります」

「よし、まいろう。いざというときは、銀次ともども、加勢にはいってくれ」

「かしこまりました。義父上、お気をつけて」

「ふむ」

勘兵衛は点頭する鯉四郎を暗がりにのこし、船蔵に近づいた。

掛行燈の光に顔を寄せ、板戸を敲《たた》く。

潜り戸が開き、小太りの商人が応対に出てきた。

益子屋治兵衛だ。

「寒川待春どのですな」

「はい」

「おもっていたより、お年を召されておるようだ」

「さようですか」

「まあよい。筆のほうが確かなら、お殿さまも文句はあるまい」

益子屋は疑《うたぐ》る様子もなく勘兵衛を内へ導き、板戸に芯張棒《しんばりぼう》をかった。

勘兵衛は導かれるがままに、白足袋で廊下を渡り、奥の階段を上がる。

ひょいと階上へ顔を出すと、絡みあう男女の姿態が白壁に映しだされた。

益子屋がお辞儀をしてみせる。

「お殿さま、絵師がまいりました」

「ふむ」

肥えた男は組みしいた女から離れ、着物を羽織りながら立ちあがった。

「厠《かわや》へまいる、支度をしておけ」

男の影は消え、女の裸体だけが褥のうえに残された。

「さ、絵師どの」

「はい」

益子屋に促され、所定の位置に座る。
部屋は八畳間で、むんとした熱気につつまれていた。
女はまだ若い。放心したように寝そべっている。
安女郎であろう。どことなく、おくみに似ていた。
矢口玄鬼の影はなく、気配だけがそばにある。
正面に向かって右手、襖《ふすま》一枚隔てた向こうだ。
殺気を押し殺し、端座している。
「こほっ」
勘兵衛は空咳を放った。
女は少しも反応しない。
風呂敷を開き、絵の道具を取りだす。
硯《すずり》に水を注ぎ、顔料を溶かしこんだ。
多少は絵の嗜《たしな》みがある。馴れたものだ。
「寒川どの、お約束の前渡し金ですよ」
益子屋は小判を一枚、畳に抛った。
「わたしは下におります。では、首尾良くお願いしますよ」

悪徳商人の跫音が消えると、左手の襖がすっと開いた。

五十絡みの月代侍が、でっぷりした腹を突きだしてあらわれる。

御槍奉行、羽生織部正であった。

「絵師か」

「はい」

「大儀」

羽生は居丈高に言いはなち、女の首根っこをつかんで引きよせる。

勘兵衛は絵筆を二本取り、一本は口に銜《くわ》えた。

「絵師よ、わしの素姓を聞いたか」

「いいえ」

「よし、やることはわかっておろうな」

「はい」

「絵の出来が良ければ、いくらでも報酬を取らせよう。ぬひょひょ」

悪党は気味悪く笑い、毛むくじゃらの手で白い柔肌を愛撫しはじめた。

巧みに絵筆を動かしながら、勘兵衛は機を窺った。

女はわざとらしく喘《あえ》ぎ、蛸《たこ》のように身をくねらす。

羽生は忘我の境地となり、女を背後から組みしいたまま、白目を剥《む》いた。
今だ。
勘兵衛は絵筆を口に銜え、音もなく身を寄せた。
左手に風呂敷をもち、羽生の背後に近づく。
気配を殺して迫り、風呂敷で羽生の顔を覆った。
声をあげる暇も与えず、盆の窪に手刀を打ちこむ。
骨抜きになった羽生の身が、女の背中に乗りかかった。
「ぐえっ」
女が潰れ蛙《がえる》のように呻《うめ》いた。
すかさず、襖の向こうから声が掛かる。
「殿、いかがなされた。ごめん」
右手の襖が開いた。
と同時に、勘兵衛は口に銜えた絵筆を取る。
相手の眼球めがけ、すっと抛った。
「うぬっ」
玄鬼は仰《の》けぞった。

絵筆は躱したものの、動作がわずかに遅れる。

「おのれ、偽絵師め」

白刃が鞘走るよりも早く、鉄の十手が唸りあげた。

「ぬおっ」

玄鬼は肋骨《ろっこつ》を砕かれた。

苦悶の表情を浮かべつつも、白刃を振りまわす。

「お……おぬし、うぽっぽか」

「さよう」

騒ぎを聞きつけ、益子屋が階段を駆けあがってくる。

勘兵衛は素早く、階段脇に身を隠した。

「あ、玄鬼さま」

首を出した益子屋の髷をつかみ、小太りのからだごと、玄鬼のほうへ投げつけてやる。

「ひぇっ」

咄嗟に刺しだされた白刃が、益子屋治兵衛の咽喉を串刺しにした。

「ぬ、くわああ」

玄鬼は月代に返り血を浴び、文字どおり、鬼の形相になった。

勘兵衛はつっと近づき、玄鬼の首筋に十手を叩きつけた。

「うっ」

口ほどにもない連中だ。

益子屋は首に刀が刺さったまま、仰向けで板間に斃《たお》れている。

女は背中に覆いかぶさった羽生から逃れられず、虫のように藻掻いていた。

階下の板戸が蹴破られ、鯉四郎と銀次が躍りこんできた。

「義父上」

「旦那」

騒々しい跫音とともに、ふたりが相次いで階段を駆けあがってくる。

「こいつはひでえ」

鯉四郎と銀次の眼前には、陰惨な光景がひろがっていた。

益子屋は血の池に浸かって死に、玄鬼は血達磨《ちだるま》になって昏倒し、褥のうえでは裸の男女が折りかさなっているのだ。

勘兵衛は、付け髭を毟《むし》りとった。

「鯉四郎、おなごを助けてやれ」

「は」

鯉四郎は女を助け、銀次は旗本主従に縄を打った。

勘兵衛は甚平が盗んだ下絵を取りだし、柱に釘で打ちつける。

あとは何もせずとも、この場所を目付筋に報せておけばよい。

悪事は一目瞭然、槍奉行が極刑に処せられるのはあきらかだ。

十三

——よいやせっ、ほい、はっ。

市中には威勢の良い鳶《とび》の掛け声が響いている。

引きずり餅を搗《つ》く音が聞こえると、いよいよ今年も終わりかと物淋しい気分になってくる。

綾乃は今日も顔をみせない。

年の瀬で何かと忙しいのだろう。

嫁いだ娘の来訪を心待ちにしても、詮無いはなしだ。

が、淋しさは否めない。

仁徳は押し寄せる患者から逃れるように、どこかへ雲隠れしてしまった。

おおかた、玄冶店《げんやだな》に住む三味線師匠のもとへでも転がりこんだのだろう。師匠は武家出身の上品な美人後家と聞いた。いまごろは猫のように、炬燵《こたつ》でまるくなっているにちがいない。

「羨ましいな」

ぽつりと、つぶやいた。

雪のちらつく静かな午後だ。

師走の喧噪から、ただひとり、取りのこされている。

勘兵衛は袖の内から、阿弥陀如来のお札を取りだした。

越後長岡の在にある阿弥陀堂のお守りだ。

効験は著しく、家に福をもたらすという。

わざわざ届けてくれたのは、天国へ逝ったおゆきであった。

勘兵衛が水牢に囚《とら》われているころ、暇乞いの挨拶に訪れたのだ。

応対に出たのは綾乃だった。

――杖となってくれるおひとがあるので、久方ぶりに故郷へ帰えろうかとおもって。

おゆきは、嬉しそうに告げたという。

「可哀相に」

しみじみとつぶやけば、孤独はいっそう辛く感じられた。

江戸に憧れを抱いた椋鳥は死に、椋鳥とともに帰郷したいと願った離れ瞽女も逝ってしまった。

寒さと淋しさのせいか、勘兵衛はぶるっとからだを震わせる。

「まるで、かじけ鳥だな」

静の消息を知る手懸かりは消えた。

もはや、邂逅はかなうまい。そんな気がする。

いつの日か、きっと逢える。

そうやって、みずからを鼓舞してきた。

が、もはや、気力も萎えた。

夕暮れは近い。

雪は朽ち葉のうえで溶け、積もる気配もなかった。

庭の片隅に目をやれば、水仙がひっそり咲いている。

勘兵衛は庭下駄をつっかけ、何気なくそばへ近づいた。

「さて、どうする」

摘もうか摘むまいか迷っていると、ぎっと背後の簀戸《すど》が開いた。

誰かな。

振りむかずに、待ってみる。

満天星《どうだん》の狭間から、微かな芳香がただよってきた。

野水仙の香りだ。

もしや。

心臓が、きゅんと縮こまった。

勇気を出して、振りむいてみた。

「あ」

戸口に旅装の女が立っていた。

たたずまいは、凛《りん》としている。

つかのま、女はからだを強張らせ、ぶるぶる震えはじめた。

顔色は蒼白に変わり、今にも泣きだしてしまいそうだ。

「静」

掠れた声で呼びかけると、女は瞳を潤ませた。

泣きたいのを必死に怺《こら》え、小さな声をしぼりだす。

「竜閑橋のそばで、迷子石のお言伝を目にいたしました……そうしたら、たまらなくなって」

「逢いにきてくれたのか」

「はい」

「そうか。ずいぶん長いあいだ、迷子になっておったな」

「すみません……勘兵衛さま」

「何も言うな。おれは何も聞きたくねえんだ。聞けば、おめえがまた居なくなっちまいそうでな、そいつだけはどうにも耐えられそうにねえ」

静はその場に蹲り、膝を抱えて泣きだした。

勘兵衛は屈みこみ、白い水仙を摘みとった。

これが夢なら、永遠に醒《さ》めずにいてほしい。

静よ、ありがとう、よう帰ってきてくれたな。

夢のような瞬間を噛みしめながら、勘兵衛はできるだけゆっくりと歩みだした。

『うぽっぽ同心十手綴り　かじけ鳥』二〇〇七年十一月　徳間文庫

中公文庫

うぽっぽ同心《どうしん》十手《じって》綴《つづ》り
かじけ鳥《どり》

2024年1月25日　初版発行

著　者　坂《さか》岡《おか》　真《しん》

発行者　安部　順一

発行所　中央公論新社
〒100-8152　東京都千代田区大手町1-7-1
電話　販売　03-5299-1730　編集　03-5299-1890
URL https://www.chuko.co.jp/

ＤＴＰ　ハンズ・ミケ
印　刷　大日本印刷
製　本　大日本印刷

Published by CHUOKORON-SHINSHA, INC.
Printed in Japan　ISBN978-4-12-207466-8 C1193

定価はカバーに表示してあります。落丁本・乱丁本はお手数ですが小社販売部宛お送り下さい。送料小社負担にてお取り替えいたします。

各書目の下段の数字はISBNコードです。978－4－12が省略してあります。

中公文庫既刊より

さ-86-1
うぽっぽ同心十手《じって》綴り　坂岡真
〝うぽっぽ〟とよばれる臨時廻り同心の長尾勘兵衛は、人知れぬところで今日も江戸の無理難題を小粋に裁く。情けが身に沁みる、傑作捕物帳シリーズ第一弾！
207272-5

さ-86-2
うぽっぽ同心十手綴り　恋文ながし　坂岡真
野心はないが、矜持はある。悪を許さぬ臨時廻り同心、長尾勘兵衛の粋な裁きが胸を打つ。傑作捕物帳シリーズ第二弾！
207283-1

さ-86-3
うぽっぽ同心十手綴り　女殺し坂　坂岡真
十手持ちには越えてはならぬ一線があり、覚悟を決めねばならぬ瞬間がある。正義を貫くため、長尾勘兵衛は巨悪に立ち向かう。傑作捕物帳シリーズ第三弾！
207297-8

さ-86-5
うぽっぽ同心十手綴り　凍《い》て雲《ぐも》　坂岡真
「正義を貫くってのは難しいことよのう」生きざまに筋を通すため、この一件、決着をつけねばならぬ――。大好評、傑作捕物帳シリーズ第四弾！
207430-9

さ-86-6
うぽっぽ同心十手綴り　藪雨　坂岡真
女だけで芝居を打つ一座に大惨事が……。たかが〝うぽっぽ〟と侮るなかれ、怒らせたら手が付けられぬ鬼と化す――。大波乱の傑作捕物帳シリーズ第五弾！
207439-2

さ-86-7
うぽっぽ同心十手綴り　病み蛍　坂岡真
わるいが、おぬしを見逃すことはできぬ――。この世は理不尽なことばかりだが、江戸には〝うぽっぽ〟がいる！　傑作捕物帳シリーズ第六弾。
700円
207455-2

さ-86-4
うぽっぽ同心終活指南（一）　坂岡真
臨時廻りの勘兵衛は、還暦の今も〝うぽっぽ〟と呼ばれながら江戸市中を歩きまわっていた。傑作捕物帳シリーズ新章、待望の書き下ろし。〈解説〉細谷正充
207305-0